W0296242

La chambre d'Albert Camus
et autres nouvelles

William

REJAULT

La chambre d'Albert Camus

et autres nouvelles

J'ai lu

Ce recueil de nouvelles est une œuvre de fiction.
Toute ressemblance avec des personnes existantes
ou ayant existé ne serait que pure coïncidence.

© Éditions Privé, 2006

Pour Caroline BAROIN, tu es responsable de tout.

Pour Agnès DISSON, caution intellectuelle de tout le projet.

Pour celui à qui je porte les croissants au lit tous les dimanches matin depuis cinq ans.

Pour Mariane (qui se reconnaîtra).

Pour Hélène POIRIER, aussi, bien sûr.

Avant-propos

Ma plus grande fierté, après la sortie de *La chambre d'Albert Camus*, fin 2006, était de recevoir des mails d'infirmières qui m'écrivaient le plus souvent :

— Merci ! Merci d'avoir raconté le quotidien. Il faut le vivre pour le comprendre. Ah, ça, « *Ils* » trouvent tous notre travail extraordinaire, « *Ils* » nous trouvent admirables, mais « *Ils* » ne nous augmentent pas ! J'en ai plein, moi aussi, des histoires à raconter, comme les vôtres, je prendrais le temps un jour...

Peu de paramédicaux ont eu la chance, en France, de pouvoir raconter l'envers du décor. J'ai choisi de le faire sous le pseudonyme de Ron, pensant qu'en me cachant derrière je pourrais enfiler le temps d'un livre la blouse du soignant idéal que je ne serai jamais.

— Oh, mais c'est tout à fait vous ! me disent mes patients quand, hélas, ils mettent la main sur mon livre.

Je me mords la lèvre, je secoue la tête, à demi agacé, je lève les yeux au ciel en pestant qu'ils ont sûrement mieux à lire en ce moment et, en refermant la porte, enfin seul, je me plais à le croire, quelques secondes... Oui, de temps en temps, allez, les bons jours, quand je suis attentif, reposé et plein d'entrain, oui, allez, j'avoue, puisque nous sommes entre nous, allez, oui, une fois par trimestre, quand il fait beau, je suis ce « Ron »-là.

Toussaint

Je me suis longtemps demandé ce que ça faisait de voir un mort.

Un vrai mort.

Pas un mort de la télé, qui lève encore la cage thoracique un chouia pendant que Jeanne Moreau lui pleure dessus, jetée sur sa poitrine, hurlant à l'injustice.

Pas un mort qui tombe lentement dans la poussière et qu'Harrison Ford contemple gravement quelques secondes. Puis lui passe la main sur les paupières, qui, par magie, resteront fermées, poétiquement, pour l'éternité, comme un dormeur du val.

En vrai, on les scotche, les paupières, pour qu'elles tiennent fermées.

Je voulais en voir un, de mort, pas comme ceux dont on prend le pouls en une seconde, sous la mâchoire ou la paume de la main, en prenant un air grave, le docteur Baker, après avoir compté jusqu'à... euh... deux (au-delà, ce n'est pas télégénique), se retournant vers les autres et leur annonçant, d'une voix blanche :

— Il n'y a plus rien à faire, Charles Ingalls, je suis désolé. Harriet Oleson est morte.

D'abord, les morts ont l'air... de morts.

Ça a l'air con, dit comme ça, mais si vous n'avez jamais vu un mort, vous n'avez aucune idée de l'état de « non vivant ».

C'est assez incroyable à regarder, c'est vraiment comme un interrupteur.

Une seconde vous êtes là : On.

Une seconde plus tard vous êtes mort : Off.

Mais off, off. Un mort, c'est mort. Plus inerte, c'est un caillou. On se dit « non, attends, il fait une blague, il va prendre sa respiration d'un coup et éclater de rire en me disant "je t'ai eu, Lulu !", ouais, c'est ça, il va juste dormir un coup et se réveiller plus tard ».

Puis on s'approche.

On regarde.

Quelque chose n'est plus là.

Il manque un je-ne-sais-quoi dans le comportement ou les yeux qui donnait au corps une apparence encore humaine et cette étincelle a disparu, ailleurs.

Ne subsiste qu'une sorte d'enveloppe flasque, ressemblant vaguement à un humain, une sorte de statue de cire du Grévin un peu ratée, allongée sur son lit, la bouche ouverte, le dentier fuyant, les yeux fixement tournés vers une applique ou la télé, les mains mollement pendantes ou béatement ouvertes vers le ciel.

Et cette couleur.

Cette couleur qui, comme un ciel d'hiver vers 16 heures, tourne très très vite.

Un mauvais maquillage, un maquillage de débutante, qu'elle aurait fait sans miroir, avec des produits importés, un maquillage de peau asiatique sur une peau blanche, un truc raté et bizarrement changeant.

Le rose fait place au beige qui fait place au terne qui fait place au blanc qui fait place au bleu.

Bleu moche, hein, pas bleu royal.

Si la cause du décès est une maladie, on observe d'autres couleurs aux noms inconnus, assez fascinants, çà et là, des hématomes ou des hémorragies, les plus curieux observeront des marbrures aux genoux, sur les cuisses, sur les coudes, d'autres noteront le violet prune des phanères et des lèvres.

On bourre assez vite l'anus de coton, pour éviter les pertes, après avoir lavé et changé la personne. On met également une protection (une couche, quoi) de grande contenance. On n'oublie pas d'enlever les pansements, qui ne serviront plus à grand-chose, et les cathéters, les perfusions, les électrodes, les duoderms.

On replace le dentier qui n'était plus porté depuis des semaines (c'est lent à venir, parfois) ou on remet bien droite la mâchoire, puis on introduit à nouveau du coton, dans la bouche cette fois, qu'on referme avec plus ou moins de difficulté. On trouve ensuite un bout de gaze qu'on enroule autour de la tête, plusieurs fois, afin de maintenir la mâchoire, donnant un aspect « œuf de Pâques » au visage qui me fait toujours plus ou moins marrer.

Le dessous des ongles est nettoyé, rapidement ; ça ferait mauvais genre de laisser un bout de caca, ou d'une autre parcelle d'intimité perdue, pour le dernier voyage. On brosse un peu les cheveux, on jette deux gouttes d'eau de Cologne sur la poitrine, la fenêtre est entrebâillée, la corbeille, vidée, le linge sale est mis en boule dans un sac-poubelle, posé près de la valise qui ne servira plus, on tâche de trouver des fleurs quelque part dans le service, sinon on en demande en cuisine ou dans le jardin, parfois dans le bureau de la surveillante.

L'élève infirmière passe un coup de chiffon sur les trois meubles de la chambre, l'aide-soignante vérifie que le linge, les bijoux, les objets personnels sont tous bien là, je jette un dernier coup d'œil, tire la chasse, décide de remonter un peu la tête du lit, renifle pour voir si « elle » ne sent pas trop, et je laisse allumée la présence (petite lumière rouge sur la face externe de la chambre) signifiant la présence de soignants et l'interdiction formelle de rentrer pour les non-médicaux.

Je ne voudrais pas qu'une femme de service apporte un plateau-repas en pleine veillée funèbre (« Bon appétit, madame Ledoux ! Oh, pardon, je ne savais pas ! ») Ni que le kiné passe pour faire marcher mamie une dernière fois. Quand il passe. Mais toujours il facture. (Un autre débat.)

Ma morte est prête, nous attendons la famille. Je ferme la porte à clef, ultime sécurité.

Je n'ai pas parlé des trente autres patients dans les chambres d'à côté qui ne se doutent de rien et continuent connement à vivre, eux, et dont il faut s'occuper avec sourire et empressement car les sonnettes ne respectent pas le deuil, jamais. Il vaut mieux ne pas trop s'attacher à tout ce petit monde, car on doit passer en coup de vent d'une toilette mortuaire respectueuse à une réponse de sonnette (urgente, toujours urgente) pour changer la chaîne de la télé, *Motus* démarre sur la 2, et la télécommande, elle est trop loin :

— Eh bé, vous êtes pas pressé, ça fait dix minutes que je vous sonne, vous allez me faire rater le début du jeu !

— Je travaille un peu plus loin, madame Sarrail, je suis occupé.

— Ouais, à prendre le café, comme à l'habitude, mais non, je rigole, va !

Avant tout cela, j'ai dû vérifier qu'elle était bien morte. Avec le pouls, avec le stétho.

Appeler le médecin pour qu'il constate le décès.

Prévenir tous les membres de l'équipe que je croise dans le couloir d'un bref « ça y est, madame Ledoux... »

— Ça y est, madame Ledoux...

— Ah, ça y est ? OK. Je finis de porter le journal à monsieur Gruber et j'y vais. Y a besoin d'un truc ?

— Non, je ne crois pas. Oh, Karine !

La femme de ménage s'arrête :

— Oui ?

— Ça y est, pour madame Ledoux...

— Oh ben c'est pas trop tôt, la pauvrine, depuis le temps... Là là, tu l'aurais vue hier au soir, je te dis pas, elle s'étouffait. T'as prévenu sa fille, elle va quitter le boulot dès que tu l'appelles, hein, tu t'en occupes ?

Je grimace. Normalement, légalement, c'est le job du médecin d'appeler la famille en cas de décès. Je dis bien « normalement » car il accepte rarement de le faire et nous le délègue volontiers. Une des rares tâches de mon service que je hais.

Je fais le numéro. Lentement. Pour ne pas me tromper.

J'attends la sonnerie.

Un fils, une fille, un mari, une mère décroche à l'autre bout de la ville, parfois le souffle coupé, déjà, parfois en train de manger, parfois en train de finir une histoire drôle qui n'aura jamais de chute.

— Madame Guérin ?

— Oui ?

— C'est bien vous la fille de madame Ledoux ?

— Oui. (À mon avis, déjà, elle sait.)

— Je suis l'infirmier du service. Votre maman a cessé de vivre il y a quelques minutes, là, à côté de moi.

— ...

— Si vous souhaitez passer, vous pouvez venir, mais prenez votre temps, hein, il n'y a pas d'urgence, faites-vous conduire si vous le souhaitez, nous sommes là. On vous attend.

— Comment ça s'est passé ?

Je raconte pour la première fois de la matinée la version de l'histoire qui entrera dans le mythe familial, avec toutes celles qui créent la charpente d'une dynastie, ces histoires douces, violentes, ou les drôles et les cruelles. Je respire calmement :

— Oh, bien, bien (aucune idée, je courais comme un malade à essayer de pallier le manque de personnel ce matin et ça sonnait de partout). Elle avait un peu de mal à respirer alors ma collègue de nuit l'a mise sous oxygène (elle s'étouffait atrocement, aucune position ne pouvait la soulager) et ça l'a de suite soulagée (rien de rien, le tuyau n'a fait que la gêner un peu plus). Elle a alors commencé à s'endormir calmement vers 6 heures (à entrer dans un coma progressif, mais je ne suis pas sûr de l'heure, la fille de nuit est toute seule pour trois étages), puis ma collègue Stéphanie est restée près d'elle en lui tenant la main (dans un monde parfait, une fois sur cent, mais là elle l'a trouvée en lui apportant le petit déj' et elle a crevé seule, comme un chien, devant William Leymergie et ses dents du bonheur). Elle est partie en quelques minutes, sans souffrir (je n'en ai pas la moindre idée mais je vous le dis comme j'aimerais l'entendre).

— Sans souffrir ?

— Oui, sans souffrir.

Elle éclate en sanglots.

— Oh, tant mieux, je suis tellement soulagée, tellement soulagée. Merci, merci, j'arrive.

— Prenez votre temps, à tout de suite.

Je raccroche. J'aurais bien besoin d'une clope ou d'un peu de Nutella, moi, à ce moment-là, mais y a pas le temps, j'ai les cachets de midi à distribuer, la chambre froide à prévenir, le directeur à joindre, l'élève infirmière à encadrer, l'urgence tapie qui subitement s'affole et le deuxième décès qu'on attend depuis la veille qui se réveille un peu, dis. Il nous partirait presque maintenant que ça m'étonnerait pas.

J'ai pas eu le temps de pisser depuis 7 h 30. Il est midi. Il fait super beau dehors.

La plupart du temps, je passe rapidement à autre chose. Très rapidement. Les gens ne restent pas longtemps hospitalisés et ne sont que des noms, des pathologies, des numéros de chambre.

Parfois, en moyen ou long séjour, ça se complique.

On est attaché à madame Berléand.

Le papi de la 117, c'est monsieur Riverac. Il nous raconte toujours plein d'histoires, il me prend la main pour que je lui donne les lunettes, il me parle de sa femme qui lui manque, je m'assois sur son lit et je lui dis des bêtises.

Et lui, comme un con, il est mort.

Ça me dépasse, moi, les gens qui meurent.

C'est vraiment inutile, la mort, c'est ridicule, ça sert à rien.

Et elle passe où, l'étincelle qu'il avait dans les yeux ? C'est pas possible que ça se finisse comme ça, c'est pas Dieu possible qu'il n'y ait plus rien, que cette chair pourrissante, flasque, laide...

Je ne le conçois pas, je ne l'admets pas, c'est une idée qu'intellectuellement je refuse.

C'est pour ça que je suis croyant.

J'ai besoin de comprendre.

On va où ?

Où ?

Lucie, partie avant l'heure

Elle a huit ans, à vue de nez, Lucie, et c'est une des stars de la pédiatrie depuis plus de deux ans, depuis que sa leucémie s'est déclarée et qu'elle doit revenir régulièrement faire le point ou subir des chimios dans le service.

Je la croise trois fois en quelques mois, deux fois comme élève infirmier, puis une fois comme infirmier fraîchement diplômé.

Sa mère est lasse, épuisée, dépressive, elle ne fait plus que ça depuis des années, angoisser et attendre, attendre et angoisser.

Lucie est au contraire charmeuse, charmante et son petit crâne lisse éclaire des yeux incroyablement bleus et vifs.

Elle est drôle, lucide et très éveillée, mais je n'avais réellement soupçonné à quel point jusqu'à cet après-midi d'août.

Je frappe à la porte et je rentre en chantant :

— Lucie, Lucie, c'est moi, je sais, y a des soirs comme ça !

Elle éclate de rire.

— T'arrêtes gros patapouf, tout le monde me la chante tous les jours !

— Mince, je pensais être le seul !

Puis, mue par je ne sais quelle inspiration, elle me demande de tendre la main.

— Laquelle ?

— Celle-là, donne.

Je tends ma main droite.

Elle la prend dans sa petite main.

— Répète après moi, l'infirmier.

— Ron, c'est Ron.

— C'est nul comme nom, Ron. (Elle éclate de rire.)

— Ah oui ? Lucie, c'est top mémère, j'te signale, c'est un prénom de vieille.

— Tu dis n'importe quoi ! (Elle reprend son sérieux.) Bon. Répète après moi, Ron.

— Oui.

— Je jure...

— Je jure...

— Que quand Lucie sera morte...

Je reste sans voix.

— Allez ! Allez !

— Je ne peux jurer de rien, qu'est-ce que tu vas me faire dire ?

— Je jure que quand Lucie sera morte, j'irai voir sa maman et je lui dirai c'est la promesse de Lucie, faut pas pleurer madame Dousset, elle est montée au ciel, elle est contente de plus avoir de piqûres et de plus aller à l'hôpital et de plus vous faire manquer le travail.

Je ne dis rien.

— Répète !

— Non, je ne peux rien promettre.

— Tu fais le clown et tu t'en vas alors ? Tu fais semblant d'être gentil ?

Je suis scié.

— Non, c'est pas ça.

— Alors fais pas semblant de faire le copain avec moi si c'est pour pas vouloir m'aider, c'est pas grave, je vais demander à Virginie, elle est sympa la kiné, elle va vouloir le dire à maman, elle.

— Lucie, je...

— Oui, oui, oui, nia nia nia. (Son regard est dur.) Tu sais ce qu'elle dit maman, elle dit que le chef à son travail, il « baratine », et toi, t'es pareil, tu fais semblant mais tu m'aides pas. Tu « baratines » !

Je me décide en un quart de seconde.

— OK je jure.

— Tu jures ?

— Oui.

— Crache.

— Hein ?

— Crache. Faut cracher.

— Je sais pas cracher, et on est à l'hôpital, on crache pas.

Elle me regarde comme si j'étais débile.

— Tu sais pas cracher ? Mais t'es un garçon !

Sa mère revient dans la chambre.

— J'ai pas été trop longue ?

— Non, non, je vous laisse.

Lucie, en fixant désormais la télé et sans même me jeter un regard.

— T'as promis, Ron.

— Ouiiiiiiiii. À plus tard.

Elle a dû mourir en décembre, allez, six mois plus tard, et j'ai oublié toute l'histoire.

Deux ans après, je m'inscris au Moving pour bouger mon body et avoir les abdos de David Beckham (dans mes rêves !). Je me retrouve à côté d'une dame que je connais de vue sur les rameurs.

Je la connais, merde, mais je sais pas d'où.

Au bout d'un moment, elle m'adresse la parole :

— Vous ne me reconnaissez pas, hein ? Vous devez en voir tellement des gens, c'est normal.

Je la regarde, en souriant.

— Je vous ai soignée ?

— Non, pas moi, ma fille, Lucie, en pédiatrie.

Et soudain, tout me revient, tout, ses yeux tristes, la chambre bleue, Mowgli sur le mur, les peluches d'Aladdin sur la table de nuit, les bonbons, son petit crâne chauve.

— Ohhhhh. (Je me sens con.)

— Vous allez bien ?

— Oui.

— Vous ne travaillez plus en pédiatrie ?

— Non, je vais déménager sur Toulouse bientôt.

— Ah, c'est bien.

J'hésite.

— Madame ?

— Oui ?

— Je dois... Je dois... Je... Il y a une chose... Je crois que... Lucie m'a...

Elle me regarde sans rien dire.

— J'ai promis de vous dire qu'elle était heureuse et qu'elle est contente et que... et... que... Je sais plus...

Les larmes me montent connement aux yeux, je suis rapidement dépassé, je commence à pleurer stupidement dans la salle, sur mon rameur, devant elle.

— Pardon, pardon, excusez-moi, j'ai fait une promesse et comme un con je m'en souviens même plus, de ce que je voulais vous dire, pardon...

Elle me sourit tristement, part vers les toilettes en me soufflant un « je reviens », puis me tend un bout d'essuie-mains pour que je me mouche.

— C'est très gentil d'honorer votre promesse, ma fille vous en remercie, quelque part, c'est bien, c'est très bien.

— Je suis désolé, je suis désolé, je suis nul, je m'en souviens même pas de ce que j'avais promis.

Elle rigole.

— Oh ça me gênerait si c'était la première et seule fois que je l'entends, mais comme tout le service est déjà passé me le dire, parce qu'elle avait fait promettre à tout le monde, même aux femmes de ménage, de passer me voir, alors, la promesse, je la connais par cœur, depuis le temps. C'est une idée adorable de ma fille, depuis deux ans, j'ai des inconnus qui viennent me voir et qui me parlent d'elle. Là, ça faisait longtemps, et c'est très touchant. Il y en aura de moins en moins, de gens, ou peut-être même plus du tout, mais c'était une excellente idée. Elle était plus forte que moi. C'était ma fille, mais j'étais l'enfant et elle la maman. Merci, monsieur.

Lucie, je ne l'ai pas fait à l'époque, alors bouche-toi les oreilles ma loute, je vais le crier pour toi et te coller la honte tout là-haut :

LUCY IN ZE SKYYYYYYYYY WIZ DIAMMMMMMMMONDS !!! Y*EAAAAAAAAAAH !!!*

Le chant de la sirène

L'institut pour aveugles est un grand bâtiment ancien, bourré de charme, qui est encore endormi quand je passe le pas de la porte ce matin-là.

La jeune femme à l'accueil me guide elle-même dans le dédale des couloirs et me laisse devant le numéro 28, tout au fond d'une aile déserte.

Je frappe.

Une voix douce me dit d'entrer.

Elle a peut-être trente ans, pas plus, de beaux cheveux blonds, longs, qui descendent sur ses épaules, des yeux bleus très très clairs, trop, je pense à Mary Ingalls en la voyant, instantanément. Elle est assise sagement sur son fauteuil en cuir noir.

— Par ici, par ici !

— Bonjour, je suis l'infirmier.

— Ah, un garçon, ça me change !

— Oui... Il y en a...

— C'est tellement rare. Votre collègue ne vient plus ?

— Non, elle est partie rejoindre son mari à Fort-de-France.

— Ah, dommage, je l'aimais bien.

— C'est ce que tous ses patients me disent.

— Elle était adorable.

— Je vais essayer d'en faire autant... Mais je vous préviens, j'ai des jours avec et des jours sans !

— Bof, comme tout le monde, non ?

— Ah, non, moi, quand je veux, je suis un sale con de première, surtout avant le petit déj'.

Elle rigole, puis elle me propose un café. J'accepte. Je bavarde de tout et de rien en lui faisant son soin, et elle m'interrompt vers la fin, prenant une mine enjôleuse :

— Ron, vous avez une voix magnifique.

— ...

— Au téléphone, déjà, j'avais fondu, mais là, en vrai... Vous êtes brun, n'est-ce pas ?

— Oui.

— Les yeux ?

— Verts.

— Verts ! C'est tellement rare, les yeux verts, tellement rare... Donnez-moi vos mains... Ah... Vous vous êtes blessé ?

— Non, c'est un moustique qui m'a piqué, je me suis gratté, ça s'est infecté, ça me démange, voilà...

— Que vous avez les mains douces... C'est bizarre, d'habitude les infirmiers ont les mains rugueuses.

— Oui, c'est à force de les laver, mais je ne suis pas comme tout le monde.

— Vous sentez bon, aussi.

— C'est un plan drague à domicile en bonne et due forme ou bien ?

— Oui, c'est ça. (Sans rougir, sans ciller !)

— Ah, c'est bien tenté, mais non.

— Vous n'avez pas d'alliance, pourtant !

— C'est pour ça que vous vouliez toucher mes mains ?

— Entre autres. Les mains ne mentent jamais sur la personne. Alors vous êtes pris ?

— Oui. Et ça fait un an pile aujourd'hui.

— Vous ne voulez pas d'une pauvre petite aveugle enseignante seule à mourir ? (dit-elle avec un large sourire.)

— Non, je vous laisse dans votre malheur, je n'en ai cure, je suis infirmier, je ne ressens aucune pitié, c'est même pour ça que j'ai fait ce métier, c'est un avantage, j'ai un morceau de granit à la place du cœur et voilà.

— Hum hum. Bien bien bien, je tenterai ma chance avec le réparateur de Noos, il doit venir en fin de matinée.

(Je siffle.)

— Eh bé, vite dragué, vite oublié !

— Ron, vous connaissez le proverbe (elle glousse déjà) : « Loin des yeux, loin du cœur ! »

Je la regarde en riant.

Elle est superbe.

Elle est drôle.

Je pense que si j'avais été seul dans mon cœur, je serais tombé amoureux à cet instant.

J'ai quand même vite déguerpi, son charme incroyable commençait à faire effet. Je pense qu'aucun être humain à plus de deux neurones ne saurait y résister.

Même son prénom est sublime.

Anaïs.

J'en suis encore tout chose.

Sous le scalpel

Le clochard inconscient qu'on nous apporte pue la vinasse, la pisse et la merde. Ses chaussures tiennent à peine sur ses pieds, il n'a plus de lacets, plus de chaussettes.

D'instinct, je saisis un masque chirurgical que je place sur mon nez, je file dans les chiottes et je me vaporise un bon coup de désodorisant dessus, préférant sentir le pin synthétique des forêts landaises que la lente décomposition de la chair dormant dans la rue, infestant des vêtements lavés par la pluie seule depuis des semaines.

L'interne veut faire le malin et, à peine armé d'une paire de gants, il retourne le pauvre homme qui gémit faiblement. Ses dents sont dans un état pitoyable, quelques chicots surnagent çà et là, un peu de pus aussi, dont une larme malodorante qui suinte sur sa lèvre inférieure. L'interne me regarde :

— On le déshabille ?

— S'il le faut, oui...

— Oui, il faut, on ne sait pas où il a mal.

Je m'attaque au pantalon, retenu par une cordelette, et je tire dessus, laissant au passage une petite verge ratatinée et poisseuse, complètement recroquevillée sur elle-même et collée par l'urine.

Une odeur atroce monte dans le petit espace, une odeur que même mon pin des Landes n'arrive pas à contenir. Je jette une serviette sur son pubis et j'aide l'interne qui a du mal à ôter la veste. À deux, nous y parvenons.

Chaque centimètre enlevé fait gémir un peu plus le clochard, qui s'appelle Fred, et chaque centimètre enlevé lui arrache quelques larmes.

Sous la veste, un gros pull en laine rouge, taché dans le dos d'un énorme rond verdâtre un peu poisseux.

Je commence par soulever le pull sur le ventre, il est nu en dessous, mais, lorsque j'arrive à mi-parcours, quelque chose derrière arrête ma course. L'interne tire un peu, se penche, regarde et, avant de verdir, me demande de m'approcher.

J'inspecte à mon tour et j'entends l'interne partir vomir précipitamment dans l'évier. Sympa. Je sens que celui-là va être pour ma pomme exclusivement.

J'appelle une élève infirmière de troisième année, Karen, une aguerrie, et je lui demande de pencher le monsieur en avant pendant que je tire sur le pull.

Rien à faire, ça ne veut pas venir.

Dans son dos, une plaie énorme, purulente, vive, humide, d'une vingtaine de centimètres de hauteur, d'une dizaine de largeur.

Les grosses mailles du pull se sont imbriquées dans les chairs et la peau s'est refermée dessus, formant un curieux mélange inhumain peau-laine qu'on a peine à arracher.

L'odeur est insupportable.

Je mouille un petit peu la plaie avec du sérum physiologique, centimètre par centimètre, pour voir si, en tirant un peu, les berges pourraient céder, mais rien ne vient. Nous décidons d'allonger le clochard sur le ventre et je coupe grossièrement le pull aux ciseaux, laissant une tache de laine rouge et verte sur son dos, comme un énorme grain de beauté, une énorme carapace de tortue tricotée.

L'interne réapparaît.

Il se tient à la table, respirant avec parcimonie par la bouche.

Il me balance, assez énervé :

— Je veux faire de la psy, moi, pas ces conneries, je n'ai jamais voulu faire ce stage.

— OK, mais c'est toi le médecin ici.

— Arrête tes conneries, j'appelle un senior.

— C'est ça, avec un polytrauma en salle de déchoc et une sortie hélico en urgence, je pense que tu vas te faire envoyer bouler comme il faut.

Il réfléchit. Me jauge :

— Tu es plus calé que moi, Ron, t'es infirmier, tu sais faire les pansements. Tu vas dégrossir un peu la situation.

— C'est-à-dire ?

— Décolle le pull, nettoie la plaie, j'aviserai après, OK ?

— OK. Je vais devoir inciser au scalpel et faire des injections de Xylocaïne, hein, et ça, tu dois les prescrire, parce que c'est médical. Je fais pas de piqûre sans prescription.

— Pas de souci.

— OK.

Je prépare ma seringue et j'injecte çà et là, dans les berges de la plaie, un peu de produit. Du pipi de chat, à mon avis, vu que je discerne peu la vraie peau du pull, la vraie berge de la peau enkystée.

Le type ne moufte pas. Après avoir fait le tour de ce petit lac laineux maudit, je prends mon scalpel jetable, je tends une coupelle à l'élève et je respire un (petit) coup.

Let's go.

À ce stade du récit, je dois vous préciser deux trucs.

Primo, j'adore découper la chair humaine au scalpel, c'est une sensation incroyable que je vous recommande. On dirait de la soie incisée par un cutter tellement ça glisse bien, on dirait un bon couteau enfoncé dans un abricot, c'est un vrai bonheur. *Silk cut.*

Ça glisse avec amour, ça s'incise délicatement ; la chair humaine est un bonheur à travailler quand on a les bons outils.

Secundo, j'ai une réelle fascination pour le pus, son odeur, sa consistance, son aspect, et j'aime bien faire les pansements à mains nues pour sentir quelques gouttelettes verdâtres sur mes phalanges et renifler l'odeur de petite mort qui se dégage d'une plaie infectée. C'est toujours à grand regret que je me lave les mains ensuite et c'est plus par crainte des maladies que par hygiène que j'enfile des gants. Je ne veux pas donner mes microbes au patient, alors je les protège, me privant d'un rare bonheur sensitif.

Le scalpel incise finement la peau mais rencontre quelques difficultés dans les zones où la laine s'est anciennement nouée aux chairs en putréfaction puis en reconstruction. Je dois appuyer un peu plus fort sur la lame, ce qui fait jaillir du liquide lymphatique jaune, liquide qui perle sur la peau avant de glisser et de tomber sur le brancard. Mon élève n'en perd pas une miette, fascinée. Je la sens, comme moi, en extase, proche d'un orgasme clinique ; nous sublimons ensemble notre violence refoulée en ouvrant ce pauvre homme et ce pus jaillissant est comme le début d'une éjaculation salvatrice pour lui, pour nous.

Le soin nous fait du bien.

J'accélère mes mouvements de doigts, je deviens plus nerveux, plus précis, plus rapide, plus sec. Je donne un coup à gauche, un coup à droite, parfois je pars en oblique pour éviter un grain de beauté, et soudain, à mi-parcours, je rencontre mon premier asticot.

Posé là, sortant de la chair, remuant la tête vers nous, grand d'un petit centimètre, bien vivant, l'asticot nous nargue et semble vouloir se battre avec mon scalpel. Mon élève pousse un cri muet, moi un gémissement de bonheur. Je me retourne et lui demande, sèchement, une lame de quinze, une vraie, pas un scalpel de merde en plastique.

Elle hésite :

— On n'appelle pas l'interne ?

— Non, on va se le faire tous les deux. Je commence et toi, après, si tu veux, tu t'en fais un autre, OK ?

— Il y en a d'autres ?

— Ouais, regarde.

En effet, sous l'épaule, un petit monticule noirâtre, presque bleu magenta, garni d'asticots, de vieilles plaies séchées, de pus, de sang cailloté, une petite bosse épaisse de plusieurs centimètres envahit tout un espace, enserrant un peu plus les mailles du pull. Générant une douleur atroce.

Je pique dedans, un bon coup, enfonçant jusqu'à la garde mon aiguille pour anesthésier le tout. Le monsieur gémit mais ne prononce pas un mot.

Karen me tend la lame. Je prends une pince. Lentement, avec application, je découpe chaque millimètre entourant chaque asticot et, avec amour, je retire avec ma pince chaque petite bête ou chaque larve que je dépose sur une compresse immaculée posée non loin de là.

En tirant un peu fort sur le dernier, j'aperçois l'os de l'épaule qui n'est pas très loin. Le cartilage blanchâtre n'est plus qu'à quelques millimètres de mon scalpel. C'est potentiellement dangereux, le type peut mourir d'une septicémie ou de je ne sais trop quoi, nous rappelons l'interne.

Qui diagnostique vite fait la conduite. Il faut finir de découper et lui mettre une perf en IV (intraveineuse) d'antibiotiques, rapidement. Avant de biper une dermato. J'acquiesce.

Je finis mon travail avec précision et, en me penchant pour irriguer le centre de la plaie, je me rends compte qu'on voit nettement les petites vertèbres blanches qui forment la colonne vertébrale. En vrai. La plaie est si profonde. Un vrai bonheur. Des lambeaux noirâtres se détachent encore du bord gauche comme de vieux morceaux de cèpes. Le type a dû perdre conscience, ou s'endormir.

Une heure plus tard, lors de la toilette intime, nous découvrons un phénomène assez rare. À force de se pisser dessus, à force de ne pas se laver, à force de ne jamais se secouer la verge, une sorte de phimosis postnatal s'est créé, avec les années, et son pénis est replié vers la peau, comme un U, comme s'il était condamné à uriner contre lui à vie. Impossible de le bouger, impossible de le décoller, la chair du prépuce semble être liée à celle du ventre et laisse à peine un petit millimètre d'espace à l'urine pour qu'elle s'écoule le long de la cuisse.

Personne ne comprend.

Les services sont pleins, l'hôpital est bondé. Nous attendons pendant l'après-midi le coup de fil de la psy. Ils appellent à 19 heures et envoient une équipe. Le clochard part chez eux, je le vois s'en aller presque à regret, voilà un pansement que j'aurais aimé faire. Je n'ai même pas le temps de le regretter qu'on annonce l'arrivée d'un gros trauma, en très sale état, accident de la voie publique, seul rescapé d'un minibus de cinq personnes. Allez, au suivant.

Dans quel état j'erre ?

Alain a trente-trois ans, Alain est en pleine forme, Alain est pilote de chasse.

Tous les matins, je rentre dans sa chambre pour lui prendre les constantes. Aujourd'hui, comme tous les jours depuis trois mois, il me regarde étonné et me fait un sourire.

Il me tend le bras.

— C'est vous le docteur ?

— Pas vraiment, je suis l'infirmier.

— Ah ? Je suis malade ?

— Oui, un petit peu mais rien de grave, vous êtes là pour vous reposer surtout.

— D'accord. Et je sors quand ?

— Bientôt, bientôt... Vous avez 13/7 de tension, donc tout va bien.

— Et je sors quand alors ?

— Bientôt, mais vous devez vous reposer un peu d'abord...

— Mais je ne suis pas malade !

— Je sais. Allez, bonne journée !

Je sors en prenant sur moi, ce n'est que la quatre cent quatre-vingt-neuvième fois, au moins, que nous échangeons ces phrases tous les deux.

Alain a eu un accident de voiture l'été précédent, sa tête a heurté le volant, trois semaines de coma, un réveil délicat, puis un retour à la « normale ». En apparence.

Et depuis, Alain attend. Dans mon service, ils sont cinq ou six comme lui, des hommes jeunes, en pleine forme, avec un traumatisme crânien, qui passent la journée à regarder la télé en pyjama, en me demandant quand est-ce qu'ils sortent ou ce qu'ils font là.

Ils sont médecins, ouvriers, profs de maths... et d'apparence normale, mais complètement inaptes dans leurs fonctions, ce qui ne se voit pas du premier coup d'œil.

Alain sait sûrement encore piloter son avion, il me le prouve quand je veux.

Et il le fait ; sur son portable, il peut faire décoller n'importe quel appareil dans Flight Simulator, sans aucun problème. Même si j'ai dû ouvrir le compartiment CD moi-même, car il ne savait pas que le programme était sur un CD, ni que la petite galette argentée était un CD.

Mais faire décoller un 737, il sait encore.

Pour pisser dans des toilettes, il a oublié qu'il fallait relever la cuvette des chiottes, sinon l'urine ne fait que rebondir sur le plastique blanc, mais ça ne le gêne pas.

Il ne sait plus qu'un couteau sert à découper les aliments, ni que la fenêtre se nomme une fenêtre.

Par contre il me démontre un jour en écoutant la radio que les concertos pour violon sont de Bach et non de Bidule.

Alain a la moitié du cerveau foutue, de façon irréversible, et il n'en sait rien.

Aucune aide globale n'est possible pour un adulte fonctionnel qui a un traumatisme crânien...

Pas de prise en charge financière, ou si peu... Sa famille vient d'apprendre qu'elle devait le reprendre à la fin du mois et s'en occuper, il faut bien libérer le service.

Sa plus jeune sœur refuse de le comprendre.

— Mais il fait exprès, c'est pas possible !!! Hein que tu fais exprès, mais arrête, pauvre con !

Je la coupe doucement :

— Mademoiselle, je pense que nous devrions aller en discuter dans le couloir.

— Vous voyez pas qu'il fait exprès ??? Il se fout de nous !!!

Devant nous, son frère de trente-trois ans essaye de boire un Coca, mais il ne sait plus qu'il faut tourner le bouchon pour ouvrir une bouteille.

Il engueule sa sœur :

— Oh Sonia, arrête de crier, descends à l'accueil et prends-moi *Les Échos*, s'il te plaît.

Elle me regarde, en larmes.

— Dites-moi qu'il fait exprès, je vous en supplie, donnez-lui un cachet mais rendez-moi mon frère, je ne connais pas cet homme, c'est pas possible, c'est un cauchemar.

Le téléphone pleure

L'immeuble est banal, tour de verre entourée d'autres tours. L'hôtesse à l'accueil me remet mon passe, les clefs de l'infirmerie et une petite lettre de consignes manuscrite.

Quelques lignes :

« Les gens ici sont très stressés mais ils ne viennent pas nous déranger longtemps, vous serez bien tranquille. Le code de l'Internet est mitsou45. Je ne fais pas de mot d'excuse pour les migraines, c'est normal d'avoir mal à la tête quand on travaille sur un ordinateur. Cordialement, Karine (l'infirmière en formation que vous remplacez). »

L'infirmerie fait dans les deux cents mètres carrés. Minimum. Agencement incroyable, des fenêtres partout, la climatisation, des bureaux à gauche, à droite, des salles de repos, un salon détente, des revues modernes, un nécessaire à urgences qui ferait rougir un service de soins intensifs en Lituanie.

J'hallucine. « Y a du foncier ! », comme j'ai l'habitude de dire.

La tour est tellement grande que je dois appuyer sur un bouton d'ascenseur centralisé qui m'indique en une demi-seconde le numéro de la cabine attribuée. Il y a cinq ascenseurs sur la gauche, cinq sur la droite. Je me pince.

Mon badge ouvre toutes les portes coulissantes qui séparent, de cinq mètres en cinq mètres, les différentes unités d'appel.

Je fais un tour rapide du propriétaire pour ne pas être surpris en cas d'urgence, le truc habituel à ne pas oublier le premier jour. Configuration des lieux, visualisation des ascenseurs, des escaliers, des sorties de secours, du défibrillateur.

Les salariés sont tous au travail, c'est l'équipe de nuit qui termine son tour, ils sont sûrement sur les rotules, je sais ce que c'est.

Vingt-quatre heures sur vingt-quatre, par équipe de quatre dans chaque box, à raison de trente box par étage, à raison de vingt et un étages dont quatre en sous-sol, j'ai une petite idée du nombre de personnes susceptibles de venir me rendre visite aujourd'hui.

Ils ont tous des casques noirs collés à l'oreille droite, se prolongeant par un micro moussu planté à quelques centimètres de la bouche. Un écran d'ordi devant les yeux et un deuxième sur le côté droit. Un bloc-notes. Un gros chrono rouge à diode d'une trentaine de centimètres de large trône à hauteur d'œil, au-dessus de l'écran. Le chrono se déclenche à cent cinquante à chaque nouvel appel.

Plantée dans un coin du bureau, une longue tige blanche façon flambeau de luxe supporte un deuxième cadran à diode, bleu cette fois-ci, annonçant un chiffre mystérieux qui ne semble jamais décroître.

À un bout de la salle, un jeune homme arpente une estrade et note des combinaisons de lettres et de chiffres sur un immense tableau Velleda blanc : « A/44 », « B/39 », « C/41 », en chuchotant des mots dans un micro qu'il a lui aussi collé devant la bouche.

À l'autre bout de la salle, une dame, sur une estrade elle aussi mais un peu plus en hauteur, semble perdue dans la contemplation d'un immense écran d'ordi.

Entre les deux, deux femmes font la navette entre les tables et haranguent fermement les équipes, distribuant çà et là des petits mots sur des Post-it colorés. Chaque couleur de Post-it dénote l'importance du mot écrit dessus, chaque mot dénotant, lui, une tendance globale de la pièce, tendance que le salarié doit suivre, impérativement.

La harangue des deux femmes a ceci de particulier qu'elle ne doit pas être entendue des clients qui appellent ; le discours se doit donc d'être ferme, sec et énoncé en chuchotant. Balaise. Je suis sidéré.

Elle entre, livide, dans l'infirmerie.

— J'ai besoin d'eau, vous n'auriez pas un peu d'eau fraîche ?

— Mais si, bien sûr, tenez, derrière vous, vous avez une fontaine à eau. Servez-vous.

— Merci.

Elle boit un verre, puis un deuxième, puis un troisième. Sans s'arrêter. Je souris.

— Hé mais c'est la traversée du désert ! Vous n'avez pas bu depuis le Paris-Dakar ou quoi ?

— Depuis ce matin, avant de prendre le métro.

— Vous n'avez pas pris cinq minutes pour aller à la fontaine à eau ?

— Nous n'en avons pas, là où je bosse.

— Ah bon ? Pourquoi ?

— Je suis syndiquée et en CDI.

— Pardon ?

— Vous débarquez, vous, non ?

— Oui. Vous m'expliquez ?

— OK. Chez nous, ici, on n'embauche que des

gens des banlieues, au SMIC, en CDI, parce que personne ne veut les prendre ailleurs, parce que personne n'offre un CDI comme ça, en premier poste. Les gens sont heureux, enfin un endroit où le CV n'effraie pas le patron. Ils viennent, premier emploi, ils sont contents, ils travaillent d'arrache-pied pendant des mois. Et puis un jour ils réalisent. Les conditions inhumaines, les horaires, les clauses illégales qu'on nous demande de signer, les dépassements qui ne sont jamais remboursés. Alors là, deux cas de figure. Ou le type jette l'éponge, et ça c'est neuf fois sur dix, et il rentre chez lui. Ce n'est pas grave, on l'a remplacé dans l'heure, j'exagère à peine. Ou le type refuse de se faire exploiter et il se rebelle. Il se syndique ou il demande qu'on respecte ses droits.

— Ben, normal, quoi.

— Oui, normal, sauf chez nous. Ici, quand vous demandez des comptes au patron, on vous donne une promotion.

— C'est-à-dire ?

— Vous gagnez 40 euros de plus par mois et vous changez d'étage. Ça a l'air de rien, dit comme ça. Là, ils vous ont concocté deux destinations. La première, elle est en sous-sol, à côté du local des pompiers et du réfectoire. Ils ont aménagé des box, tout est fonctionnel. Il n'y a aucune lumière extérieure. Vous passez neuf heures à la lumière des néons. La clim' est réglée à fond, hiver comme été. Un froid de canard. Généralement, tu tiens quatre mois, cinq mois, maxi. Parfois, tout le monde éternue en même temps, ou tousse, ou pleure, comme si la clim' était déréglée... Ou comme si quelqu'un avait mis un produit dedans.

— Je m'assois, là.

— Ouais, hein ? Alors bien sûr, on appelle les pompiers, qui trouvent rien de suspect, et tout le monde reprend le travail, mais on a pris du retard et il faut le rattraper. Et c'est uniquement quand le nombre d'appels prévu est effectué que nous pouvons sortir. C'est la clause qualité, comme ils l'appellent. Pour ajouter un peu de bonheur dans tout ça, les moniteurs sur lesquels nous travaillons sont systématiquement les plus vieux, les moins rétro-éclairés, les quinze pouces, les treize pouces, les clignotants. Les femmes enceintes craignent pour leur bébé, à cause des possibles émanations, les migraineux sont malades un jour sur deux, et tous les autres comptent les heures. On appelle ça la Retraite de Sibérie.

Mais vous avez aussi Soleil vert, dans un autre genre. Là, c'est mieux, au début, parce que vous êtes tout en haut de la tour, tout là-haut, avec plein de fenêtres et une vue superbe sur Saint-Cloud. Vous êtes content, et puis vous réalisez qu'il fait bien chaud, à l'étage, avec tous ces ordinateurs, toutes ces machines. La luminosité est un peu forte, surtout quand le soleil s'est levé, et vous allez à la fenêtre pour baisser le store mais vous vous rendez compte qu'il n'y a PAS de store. Ni de clim'. Ni d'air. C'est la canicule à 11 heures, la planète Mercure à 13 et ça tombe comme des mouches l'après-midi. Malaise décompté du nombre d'appels, toujours, bien sûr. Vous vous dites que ce doit être intenable uniquement en été mais je vous rassure. Nous avons apporté des thermomètres. Ils poussent le chauffage au maximum dès que la température descend au-dessous du seuil fixé par eux. Oh, officiellement, « nous » nous faisons des idées, le système a « quelques défaillances dans l'ensemble mais le maximum est fait pour répondre dans un délai raisonnable au léger problème évoqué lors du CHSCT[1] ». C'est l'étuve. Le sauna. Il n'y a pas

1. Comité d'hygiène, de sécurité et des conditions de travail.

de fontaine à eau à l'étage. Ni de toilettes. Et nous n'avons pas le droit, pour des raisons électriques (je cite), de poser une bouteille d'eau sur ou près du bureau. Ajoutez pour mettre une couche de vicieux sur deux couches de sadique que tous les postes de travail sont inadaptés (bureaux réglés en hauteur et sièges à roulettes ne se levant plus ou l'inverse, bureaux trop bas et sièges en hauteur) et que nous ne choisissons pas nos places. Ni nos coéquipiers. Si nous nous entendons entre nous, on nous sépare. Je veux dire par là que nous ne nous sourions pas, nous ne nous tendons pas de stylos, de gommes ni de papier. Personne ne se parle, si tu sympathises, on te bouge. Ambiance... Et il y a la cerise sur le gâteau.

— Oh mon Dieu ! On peut faire pire ?

— Bien sûr. Disons que je dois prendre quatorze appels à l'heure et disons que je me suis pris la tête avec la chef la veille. Je regarde mon compteur, il m'en reste deux à faire, super, je vais bientôt pouvoir aller pisser. Je regarde mon compteur global, quarante-cinq appels depuis le début de la matinée, je suis dans la moyenne, tout va bien. Je prends mon avant-dernier client et, quand je raccroche, je me rends compte qu'il me reste... quinze appels. Soit deux de plus que prévu. Mon compteur global indique quarante-trois appels seulement. Je suis donc en retard de quatre clients. Je ne peux pas faire de copie d'écran, je ne peux pas prouver que j'ai vu le chiffre, personne ne peut témoigner à ma place. Alors je ferme ma gueule, je prends mes clients et je sais que je démissionnerai demain. Ou un autre jour. Mais je m'appelle Samira. Alors, pour le boulot, même avec une maîtrise... Faut pas rêver. Bon, je vous laisse, je dois y aller.

— Revenez quand vous voulez...

— Si seulement...

Plongée en enfer

Je n'avais jamais mis les pieds chez les fous. Je ne les connaissais qu'au cinéma, de grands malades capables de détruire le monde en appuyant sur un bouton pendant que James Bond faisait sauter leur base. Ma représentation mentale de la folie se situait schématiquement entre le barbu baveux portant un entonnoir sur la tête et Jack Nicholson détruisant une porte à la hache dans *Shining*.

À l'école d'infirmiers, un mois sur deux est passé en stage, sur le terrain. Le dernier jour des cours, mon affectation m'est donnée : Psychiatrie – quatre semaines – pavillon fermé. Trois lignes, cinq mots. Je suis élève infirmier, je ne choisis pas mes stages. Je relis les maigres informations, je n'en dors pas du week-end, essayant d'en savoir un peu plus avec d'autres élèves au téléphone, en vain.

Pavillon fermé, ça veut dire qu'ils sont enfermés à clef pour leur bien. Ça veut dire aussi qu'ils sont un peu dangereux pour eux et pour les autres. Voilà tout ce que je retire de mes coups de fil.

Je n'avais jamais lu de bouquin sur la psy, jamais eu de cours magistral avant sur les pathologies mentales, rien.

Je débarque après une nuit blanche, mes pires angoisses à fleur de peau.

J'arrive à 7 heures, il ne fait pas encore jour, c'est l'hiver et de la neige recouvre les pelouses du parc. Je gare ma vieille Super 5 près d'un groupe de mecs qui fument des clopes, en pyjama, malgré le froid. Ceux-là ne sont pas complètement fous, ils ont le droit de sortir un peu.

Je suis nerveux, je tremble déjà.

Le pavillon fermé est à l'écart dans le grand parc, c'est un hôpital qui date du début du siècle dernier, chaque unité de soins est autonome, comportant une cuisine, un salon, des dortoirs et des bureaux. Ça sent le vieux, c'est un mélange de brique rouge, de vieille peinture et de beaucoup de malheur.

Je sonne.

J'attends.

Je sonne à nouveau.

L'interphone grésille.

— C'est qui ?

— Ron, l'élève infirmier, je viens en stage pour un mois.

La porte s'ouvre enfin après cinq cliquetis différents et une petite bonne femme en tunique blanche me fait signe d'entrer. J'essuie mes pieds, je passe un deuxième sas (nouveaux cliquetis), puis nous traversons un couloir non éclairé vers une tisanerie où quelques infirmiers boivent un café. Nouveau cliquetis, tout est donc fermé à clef.

Je m'assois. Personne ne me regarde.

— Bonjour, je suis Ron, je suis le stagiaire infirmier.

Pas un bruit dans la pièce.

— J'espère que ça va bien se passer, j'ai un peu peur, je ne connais rien à la psychiatrie...

Un grand con frisé me toise et me crache sa hargne matinale :

— Bienvenue dans le trou du cul de la psychiatrie, mon con, tu vas vraiment en chier, ici personne n'est là par plaisir.

La petite bonne femme qui m'a ouvert la porte proteste :

— Oh dis Jean, t'abuses, tais-toi donc, le pauvre !

— Hé, Monique, ta gueule, c'est vrai, il est pas dans la merde, ici, c'est nul, on fait rien, les malades, y a plus rien à en tirer.

(Je rougis un peu.)

— Je n'y connais rien en psychiatrie, vous savez...

Le grand con frisé me regarde d'un œil mauvais et me lance d'un ton perfide :

— Rien, c'est vrai ? Rien de rien ?

— Non, monsieur, rien.

— Suis-moi, ducon.

Je pars avec lui dans le couloir, il m'indique une chambre et m'ordonne de rentrer avant lui dans l'obscurité. Il allume la lumière d'un coup et hurle :

— Dominique ! Dominique !

Une forme endormie sous les couvertures remue faiblement, cette forme a l'air de faire au moins cent soixante kilos, la chambre sent le bouc, la lumière donne un ton blafard aux choses, des montagnes de vêtements sales sont jetés partout. Le type dans le lit relève la tête et me regarde d'un œil fou. Et vicieux.

Le grand con frisé me pousse vers l'avant et donne un coup de pied dans la couverture marron.

— Lève-toi feignasse et explique à ce puceau de la psy ton problème, il connaît rien aux malades mentaux, montre-lui ce que c'est un psychotique !

Je proteste :

— Hé, attendez, je n'ai rien demandé, ce monsieur se lève à peine, laissez-le et...

— Oh tais-toi le puceau (mon futur surnom pendant les quatre semaines) et écoute, tu vas plus apprendre que dans un livre.

Il se retourne, sort de la chambre en claquant la porte.

Et il la ferme à clef.

Dominique se lève et s'avance vers moi en haut de pyjama, nu comme un vers au-dessous. Il continue sa lente approche pour s'arrêter à moins de vingt centimètres de mon visage.

Je ne bouge pas d'un cil, je suis terrifié, je n'ai jamais eu aussi peur de ma vie, je respire à peine, je hais le grand type frisé, je hais Dominique, je veux mourir tout de suite, je ne veux pas qu'il me parle, je ne veux pas qu'il me regarde, je veux SORTIR, merde.

— C'est quoi ton prénom ?

— Ron.

— C'est le nom du diable, ça.

— Je ne crois pas, non.

Il me saisit le bras de sa main grasse et glissante, puant l'urine à plein nez, puis il me tire vers le mur.

— Il faut que le diable sorte de toi, Ron.

— Vous croyez vraiment que j'ai le diable en moi ?

— Je vais le faire sortir avec une pioche, j'en ai une.

— Non, je ne pense pas.

Il hurle :

— Tais-toi, tu ne connais rien, tu es de ceux qui ne connaissent rien !

Il prend un pull sale traînant sur une chaise et me le jette dessus.

— On va retourner mes affaires pour nous protéger des ondes alpha.

— Hein ?

— RETOURNE LE PULL À L'ENVERS !

Son visage est à deux centimètres du mien, j'ai l'idée incongrue qu'il pourrait m'embrasser, me tuer, me frapper, me détruire là maintenant tout de suite.

Je sais maintenant qu'on peut s'uriner dessus de peur, j'ai failli le faire.

J'ai attendu seul avec lui trente minutes, à retourner des affaires, qu'une jeune infirmière saine vienne me délivrer.

Premier jour.
Première heure.
Premier contact.

C'est pour ton bien, tu me diras merci

On me dit souvent « témoigne, témoigne » ou « mais vas-y, dénonce »...

Oui, oui.

Je le fais.

Ici.

Ailleurs.

Mais la liste est longue de toutes ces fois où j'ai parlé, et où rien ne s'est passé.

J'aimerais dédier ces quelques lignes à Séverine M., élève infirmière à l'hôpital de Tarbes, venue en stage un jour dans mon service, encadrée par mes soins, et qui a vécu en même temps que moi cette « petite » histoire.

Établissement pour adultes handicapés.

La gamine ne peut pas parler, elle est tétraplégique, une « tétraplégie flasque », et elle est muette. Anoxie cérébrale lors de la naissance.

Elle comprend tout néanmoins, s'exprime en hochant la tête et en grognant. Son regard est très expressif. Elle sait parfaitement bien se faire comprendre.

Elle est un peu raide dans son fauteuil coque et ne peut bouger que le menton.

Les bras, les jambes sont immobilisés par des sangles qui la maintiennent enfermée, hiver comme été, dans cette gaine de plastique lavable, inconfortable, posée sur deux roues, source d'escarres si nous la positionnons mal, source de gêne quand nous partons en ville tellement les motifs dessinés sur la coque par les fabricants sont voyants et moches.

Je me demande comment ils osent, pour embellir un objet qui ne sera jamais beau, dessiner des trucs aussi laids. Géraldine déteste son fauteuil depuis deux ans, mais il lui a coûté une fortune alors et elle économise sur son AAH [1] pour s'en payer un nouveau.

Géraldine a vingt ans.

Je dis « la gamine », mais c'est une jeune adulte qui aime Madonna, *La Star Ac* et la real TV.

Je la vouvoie quand je lui parle, à sa demande, même si j'ai du mal. À chaque fois, elle sourit de me voir me reprendre. Mes cafouillages sont une grande source d'amusement pour elle.

— Géraldine, tu veux... Pardon, vous voulez un peu plus de sirop d'orgeat ?

— Mhuuuaua.

— Oui, je sais, je bafouille, désolé, j'ai du mal à vous vouvoyer, pardon.

— Mhuuuuauauaaa ?

— Quoi ? Vous ? Lui ? Ah, moi ? (Hochements de tête frénétiques.) Moi, vous avez une question sur moi ? (Elle fait non.) Sur mes collègues ? (Non.) Qui travaille demain ? (Elle fait non.) Sur vous ? (Mhuuuauaua.) Vous et moi ? (Mhuuuauauuuauaua.) Vous avez un problème de santé dont je dois m'occuper ? (Hochements de tête redoublés avec sourire de joie, « ça y est, le grand couillon infirmier comprend ! ».) OK. Je pars de votre tête

1. Allocation aux adultes handicapés.

avec mon doigt, je descends l'index tendu et vous me dites stop quand je passe dessus, OK ?

— Mhuuuauauaua.

Je descends lentement tout le long du corps, Géraldine ne dit rien et attend patiemment. Elle lève un sourcil quand je dépasse le genou et s'agite frénétiquement quand je pose mon doigt sur la chaussure.

— Ah ? Le pied ? Vous avez un souci au pied ?

— Mhuauauauaua.

— OK, voyons ça.

Effectivement, le gros orteil est rouge, plutôt enflé, on dirait même qu'un peu de pus sort sur le côté, ça ressemble à un ongle incarné. Je me tâte, et si je lui faisais un bain de pied au Dakin ?...

Séverine, l'élève infirmière, me montre la pendule :

— Il est à peine 18 heures, peut-être que le docteur Berthier est encore là ? Il reste tard le jeudi.

— Oui, excellente idée, allons dans son bureau, il va sûrement prescrire une pommade antibio que nous pourrons aller chercher à la pharmacie avant que ça ne ferme. *Let's go !*

Nous poussons Géraldine vers le bureau du médecin, un vieux généraliste qui fait des vacations deux fois par semaine et que je n'estime pas trop, mais dont les diagnostics sont parfois justes. Rarement. Toutes les équipes s'en méfient énormément, mais hiérarchiquement je n'ai pas le choix, c'est mon interlocuteur, et je ne peux sauter une étape lorsqu'il est présent dans l'établissement sans m'exposer à de grosses répercussions disciplinaires.

De toute façon, quand c'est trop grave, j'appelle

le 15 (pas les rugbymen, le SAMU) et ils font le nécessaire.

On le dérange, visiblement, il s'apprêtait à partir en grignotant une heure de boulot (ajoutée à celle du matin, où il arrive pile pour le café, une heure après l'heure prévue, mais la facturation est la même pour la direction, qui ne moufte pas depuis plus de vingt ans).

Il n'enlève pas son imper qu'il finit d'enfiler et nous jauge.

— Oui ?

— Géraldine souffre du pied.

— Ça attendra demain, hein.

— Je souhaitais juste vous la montrer, c'est très rouge, de plus la pharmacie est encore ouverte, comme ça, j'y passe acheter ce que vous me prescrirez et on n'a pas à attendre demain. Elle a mal. Très mal.

— Elle a mal, vraiment ?

Sans un regard pour Géraldine, sans enlever son imper, il pose ses clefs de voiture sur le bureau, fait signe à l'élève infirmière d'enlever la chaussure de la gamine, et à moi de lui tenir le pied.

La lumière commence à tomber dehors, un bel automne qui s'annonce, on n'y voit plus grand-chose dans le bureau, mais il saisit une pince et se penche.

Je revois la scène avec précision.

Géraldine assise dans son fauteuil, ravie d'être soignée.

L'élève agenouillée d'un côté, lui tenant la main, et moi de l'autre, tenant la cheville à deux mains et la présentant au dieu Médecin.

D'un geste vif, il saisit l'ongle et le retourne, sèchement, puis recule deux fois son poignet avec souplesse pour le décoller en tirant dessus.

Géraldine hurle de douleur dans son fauteuil et se raidit comme un piquet.

L'élève pousse un faible cri.

Et moi, je me sens m'évanouir devant cette vision d'horreur.

D'un dernier coup de poignet, il arrache l'ongle entier, le gros ongle du pouce, le regarde, inspecte la chair mise à nu et nous balance laconiquement :

— Y a pas de pus, y a rien, pas besoin d'antibio, voilà c'est bon.

Il se relève, jette la pince dans l'évier, se retourne et avant de sortir nous glisse :

— Vous recouvrez avec un pansement sec, vous lui filez un Doliprane, et on verra la semaine prochaine, mais y a rien du tout, et... Ron... essayez de ne pas vous affoler pour un rien, mon vieux, la prochaine fois ! L'observation, en médecine, l'observation, c'est la clef de tout. Vous voyez bien qu'il n'y avait rien.

Et il se barre dans son 4 x 4.

Je m'assois par terre. Détruit, vidé, tétanisé, je n'ai plus une goutte de sang.

L'élève infirmière me regarde, en silence, la bouche ouverte.

Géraldine pleure en secouant la tête violemment de gauche à droite, et donne des coups vifs contre sa têtière.

J'ai envie d'une clope. La première depuis dix ans.

Ouais, une Lucky light.

Voilà, mon amour, tu sais pourquoi j'ai repris la cigarette.

Une femme avec toi...

Je me souviens d'un couple du VIIe à qui je rendais visite deux fois par jour, chaque matin et chaque soir, pendant que l'automne arrivait à grands pas et que les couleurs marron, jaune foncé, ocre repeignaient les murs des immeubles haussmanniens de cet arrondissement bourgeois.

L'appartement était immense et il occupait les deux derniers étages, en duplex, tout en haut d'une rue calme en cul-de-sac, près de la station Invalides.

Je devais passer plusieurs interphones pour enfin atteindre l'ascenseur privatif, puis j'appuyais sur le nom de jeune fille de la dame, inscrit en lettres dorées près du chiffre 8.

Pendant l'ascension, je me répétais lentement les consignes apprises par cœur sur les manipulations à faire, les gestes à ne pas commettre et les sujets de conversation à aborder ou à éviter lors de la toilette.

C'était elle qui venait m'ouvrir à chaque fois, et non la femme de chambre, elle m'accueillait toujours avec le même petit sourire contraint mais aimable d'une dame du monde qui se sent redevable et qui n'a pas le choix.

Elle m'accompagnait dans la vaste chambre au bout du long couloir et, c'était notre premier petit rite, je m'extasiais à chaque fois sur la vue.

La tour Eiffel était magnifique, au loin, et la luminosité jamais la même, quelle que soit l'heure de la journée, quel que soit le temps. Nous parlions deux minutes de la circulation (infernale), des transports en commun (bondés), du prix des fruits ou des légumes (un scandale), puis je me dirigeais vers la salle de bains, j'ôtais mon manteau, je me lavais les mains et je me les séchais avec la serviette mauve et propre qu'elle me tendait.

Je saisissais les deux bassines en plastique, la blanche et la bleue, les trois gants de toilette en éponge, deux blancs et un bleu, les produits de toilette, la trousse paramédicale et mes gants en plastique taille 7.

Elle appuyait sur une touche du lecteur CD et Brahms jaillissait des cinq haut-parleurs de la chambre, laissée volontairement dans la pénombre, mais encore suffisamment lumineuse pour que je l'aperçoive, lui, immobile, presque glacé, allongé sur le dos, contemplant le plafond pour « l'éternité qui n'en finissait plus » (selon lui, comme il lui avait soufflé quelques mois auparavant), les mains crispées sur sa poitrine, doigts repliés dans les paumes, ongles trop longs pénétrant les chairs et y creusant un large sillon blanc, pieds incurvés vers l'intérieur, comme une danseuse sur ses pointes, « position vicieuse » aurions-nous dit en langage médical, et cette odeur d'escarre si particulière. Si tenace, si perfide.

Il avait eu ses années de gloire dans les années 1960. Il avait fait des galas, des concerts sous chapiteau, il avait parcouru le monde plusieurs fois, il avait salué des Présidents, serré des paluches de princes, embrassé des mamies, bercé des salles entières de ses mélodies sentimentales déjà un peu démodées à l'époque.

Les hit-parades étaient loin, les affiches, dans le couloir, tristement fanées et tout l'appartement ne semblait plus attendre qu'une chose : le dernier souffle de l'hôte de ces lieux.

Elle me regarde, anxieuse.

— Il n'a pas l'air bien aujourd'hui, hein, mon Patrick, tu n'as pas l'air bien, qu'est-ce que tu me fais, qu'est-ce qui t'arrive ?

Elle me chuchote :

— Je lui ai pris la température cette nuit, deux fois, il était un peu chaud, j'ai donc fait fondre du Doliprane dans de l'eau sucrée pour le lui faire accepter, ça a été la croix et la bannière, il a mis plus d'une heure à avaler le médicament... Et puis il a eu de la diarrhée, des selles liquides, trois, j'ai eu du mal à tout nettoyer toute seule, c'est dur la nuit, seule, si vous saviez, j'ai du souci pour le tourner, maintenant, je vais sur mes soixante ans, c'est qu'il est lourd... (Elle le regarde avec amour.) Hein mon Patrick, c'est que tu es lourd, oui, oui, ça te fait sourire, ce que je te dis, je sais que tu m'entends, oui, je sais que tu m'entends, regarde Ron, il va te faire la toilette, on va être deux pour te tourner, pour te faire tout beau, tout propre, tu seras impeccable pour le coucher. Mon amour, mon tendre amour, mon Patrick. Allez, laisse-moi déplier tes doigts, s'il te plaît, mon ange, laisse-moi déplier tes doigts, voilàààààà, merci, trésor, merci.

Je commence à passer délicatement ma main sur le visage de son mari pour déplacer les longs cheveux blancs qui siègent sur son front et je la questionne, pour passer le temps, pour rendre la toilette plus agréable, et parce que je suis curieux aussi, oui.

— Ça fait longtemps que vous êtes ensemble ?

— Huuuum, oh là là, attendez, ça va faire quarante ans l'année prochaine, oui, c'est ça, quarante ans d'amour, hein mon Patrick ?

— Quarante ans ! Quelle patience !

Elle éclate de rire.

— Vous pouvez le dire !

— Mais c'est qui le plus patient des deux, vous ou lui ? (Moi, malicieux.)

— Oh, c'est moi, c'est moi, vous savez, moi j'ai dû en attendre, des soirées, toute seule, qu'il rentre à la maison, à me faire un sang d'encre parce qu'il n'arrivait jamais, parce qu'il était en retard...

— La vie d'artiste...

— Oui, absolument. Il donnait tout au public, tout. C'était le dernier à quitter la salle de spectacle, il donnait des autographes à tout le monde, hein mon Patrick, mon chouchou, oui mon amour. (Elle l'embrasse tendrement sur le front en lui caressant les tempes.)

— Et vous vous êtes rencontrés comment ?

— Oh là là, c'est toute une histoire, j'avais dix-huit ans, j'étais mineure...

— Mineure ?

— Oui, jeune homme, de mon temps, on était majeur à vingt et un ans...

— Avant la guerre de 14, alors ?

— Oh le vilain !!! Tu entends mon Patrick, comme il est insolent, comme il est méchant... Non, c'était un peu plus tard.

— Et alors ?

— Alors, un jour, j'étais avec ma mère au drugstore des Champs-Élysées, vous connaissez ? C'est un magasin ouvert vingt-quatre heures sur vingt-quatre, qui vendait des disques, des livres, et je cherchais je ne sais plus trop quoi. Arrive un jeune homme, plutôt pas mal, plutôt timide, un peu plus vieux que moi, mais l'air complètement fasciné par mon visage, complètement sous le choc. Évidemment, je fais comme si je n'avais rien vu, je m'absorbe dans les disques et je cherche un truc en le regardant du coin de l'œil. Lui, il me dévisage, il n'arrête pas, et soudain, voyant ma mère qui approche, il s'avance vers elle et lui dit d'une traite : « Madame, si c'est votre fille, je veux bien me marier avec elle. »

— Non ?! Sérieux ?!

— Oui. Et vous savez quoi, Ron, vous savez quoi, j'ai pensé tout de suite : « Marie, c'est ton prince charmant, c'est lui, c'est lui avec qui tu vas te marier, tu vas avoir des enfants, c'est lui. » Alors, ben, j'ai flirté.

— Attendez, votre mère a dit oui ?

— Non, bien sûr, pas comme ça, mes parents ont accepté de nous laisser sortir le jeudi après-midi au Jardin des Plantes, avec ma tante Andrée, qui était bien plus jeune que ma mère et un peu « libre d'esprit », mais suffisamment sérieuse pour me chaperonner. Ça ne plaisantait pas à l'époque.

— Ah ouais, je vois, mais vous avez attendu combien de mois avant de vous embrasser ?

Elle rit.

— Deux mois après le Jardin des Plantes, j'étais enceinte, Ron.

— Excellent ! (On rigole tous les deux.) Ah, ouais, la surveillance de tatie Andrée n'était pas au top, je vois... Excellent.

— Oui. Et à l'époque, il commençait à enregistrer, pour s'amuser, chez Barclay, qui produisait des disques de jazz ou de rock mais ça ne s'appelait pas du rock, à l'époque, et il quittait son travail plus tôt pour passer au studio, mettre sa voix sur des trucs complètement inédits, des morceaux américains qui nous faisaient rêver, mais comme nous n'avions pas les moyens de payer un orchestre ni des musiciens, nous devions attendre de trouver les versions instrumentales, et c'était difficile à avoir en ce temps-là, très difficile. Hein, mon Patrick, tu te souviens ?

Le monsieur grogne comme s'il acquiesçait.

— Voilà, Ron, le bon temps...

— Et il a mis combien d'années avant d'être connu ?

— Oh, deux bonnes semaines. (Rires.)

— Non ?! Deux semaines ?!

— Eh mais oui, dans ces années-là...

— Avant guerre, donc.

— Quel petit insolent vous faites, oui, quel toupet, bref, il suffisait de connaître le frère du DJ qui travaillait à la radio, de tenter sa chance, et voilà... Vous ne pouvez pas imaginer le nombre de copains à nous qui ont fait des disques à ce moment-là et qui ont une vie bien rangée maintenant. Certains sont devenus dentistes, d'autres, pilotes, d'autres ont un bar... C'était une époque facile.

— Ça vous manque ?

— Ah, c'était ma jeunesse. Mais non... non... ça ne me manque pas. On ne peut pas être et avoir été. Hein mon Patrick ?

— Je passe un peu d'huile essentielle sur les pieds ?

— Oui, Ron, s'il vous plaît, ça lui fait un bien fou.

Une fois les bassines rangées, les serviettes mises au sale (panière de gauche) et les gants au « très sale » (panière de droite), une fois la porte fermée, mes mains propres et mon sac d'infirmier sur l'épaule droite, elle me raccompagne à la porte d'entrée et sort son paquet de cigarettes.

— Vous en voulez une ?

— Non, vous le savez, Marie, j'ai arrêté de fumer par amour...

— Oh, c'est beau l'amour... Oui...

— Ben je le vois ici chaque jour. Ce que vous faites pour lui par amour, c'est incroyable, je ne sais pas comment vous faites. Vous pourriez au moins sortir pendant la toilette, prendre une aide à domicile la nuit, c'est épuisant.

— Ron... Vous croyez quoi ? Que l'amour, c'est les repas à deux au restau, les vacances à Vérone et les petits câlins dans les champs ? Vous croyez que ce ne sont que les bons moments ? Qu'on vit d'amour et d'eau fraîche avec l'autre ?

— Oui, un peu, non ?

— Non, l'amour, c'est ça aussi, être avec lui dans cette épreuve, ne pas le lâcher parce qu'il est dans la merde, au sens propre comme au figuré, lui montrer que je suis encore là, même s'il ne peut plus rien me dire, mais je sais qu'il sent ma présence, je le connais tellement bien... (Elle tire sur sa cigarette.) Et je suis tellement contente qu'il parte le premier, vous savez, ça me soulage, je n'aurais jamais pu le laisser seul, jamais, il ne se serait pas débrouillé, lui, un homme... Oh, je le connais comme si je l'avais fait, il est tellement brouillon, tellement inquiet de tout... Moi, au moins, je gère, je prends soin de lui, je l'aime... Lui, sans moi, je ne sais pas ce qu'il serait devenu... Il... Il... (Elle a les larmes aux yeux.) Il sera aimé jusqu'à la fin, comme je l'ai aimé depuis le premier jour, parce que, quand on aime, on aime jusqu'au bout, on partage tout... Je ne partirai pas. Allez, filez, vous allez être en retard pour le monsieur qui râle tout le temps, le vieux, là, de la rue d'à côté...

— Oui, je file. À demain, Marie !

— 8 h 30 ?

— 8 h 30.

Il est mort après trente-neuf mois de lutte contre la maladie.

Jules

J'étais assistant sanitaire dans une colonie en Corrèze, le trou du cul du monde de la France, et je devais être en deuxième année d'école d'infirmiers, ce qui me conférait un prestige et une autorité médicale que je n'avais pas, mais que j'acceptais sans la moindre vergogne.

Le directeur de la colonie était un enseignant alcoolique plutôt stupide, le genre qui faisait acheter six canettes de bière à un de ses élèves pendant la récré pour ne pas avoir à quitter l'enceinte de l'école.

Non content de ne pas être fiable, il portait en lui une colère froide contre les enfants dont il avait la responsabilité durant ces trois semaines.

Peut-être gardaient-ils en eux toute la part d'innocence qu'il avait, lui, perdue depuis bien longtemps, peut-être les méprisait-il simplement parce qu'il lui fallait bien quelque chose à haïr, mais là n'est pas mon propos, je trace juste le contexte.

Le gamin que tout le monde connaissait dans la colo s'appelait Jules, il avait sept ans, c'était sa première fois loin de papa maman et il pleurait sans arrêt.

Sans arrêt.

Il voulait rentrer.

Le directeur de la colo souhaitait en faire un homme, ou presque, et ça devenait une affaire personnelle :

— Hors de question de céder, ses parents ont payé, ce petit merdeux passera ses trois semaines ici, d'autres que lui sont allés en colo avant, il finira bien par arrêter de pleurer.

Je trouvais ça plus ou moins justifié, j'étais assez d'accord avec lui sur le principe, émancipation blablabla, mais je me disais que quand même c'était un peu dur pour le gosse, qui n'avait vraiment pas l'air de se calmer du tout.

Un matin, son mono de groupe me dit que Jules se plaint du ventre.

Je vais le voir, il est un peu blême, mais je sais qu'il ne dort pas la nuit et qu'il reste à couiner sur son lit jusqu'au petit matin. Ça ne provoque pas un teint Vichy Célestins.

Je lui parle, il me montre son ventre du doigt, je lui touche le front, pas de fièvre. Je lui demande s'il a fait caca, il me répond que non, mais globalement il n'a pas l'abdomen tendu, ni de signes physiques particuliers.

Je laisse tomber.

Je pars faire des courses pour la journée, je reviens et j'apprends que deux médecins se sont succédé en mon absence.

Un le matin, venu peu après mon départ, appelé par la cantinière prise de pitié pour Jules.

Rien. Examen normal.

Un deuxième en début d'après-midi après qu'un mono a été obligé de faire sortir de table le gamin qui se tordait de douleur.

Le type arrivait de son cabinet, un peu furieux d'être dérangé alors qu'un collègue était déjà passé, examen médical normal, a insisté sur le fait que le gamin doit faire ses gammes dans la vie et que les parents doivent sûrement tout lui céder pour qu'il soit si chochotte.

J'apprends tout ça à table le soir en mangeant avec les autres moniteurs, et nous en concluons que le petit merdeux simule pour rentrer chez lui.

Où il n'y a personne de toute façon, ses parents étant expatriés en Birmanie et ne rentrant pas à Paris avant deux semaines.

Je me permets même de faire la leçon au gamin, mais je n'insiste pas trop, je le trouve vraiment très crédible dans son rôle de Mater Dolorosa, si crédible que je me surprends à penser qu'un dernier avis médical ne serait pas superflu.

J'y pense, et puis j'oublie.

Le lendemain, autres soucis, le surlendemain aussi.

C'est mon jour de congé et je suis à deux doigts de partir avec la comptable à Sarlat, pour une balade entre amis. Je me tâte. Je dis « on verra », puis je vois Jules qui passe devant moi avec son bol de chocolat, et je ne sais pas pourquoi, je sens que... je sens que... je sens que je ne dois pas quitter le centre.

Stupide.

Le directeur insiste pour que je fiche le camp, pour que je prenne mes heures légales de repos, qu'il assurera l'intérim, que les enfants vont bien.

Mais je décide de rester quand même.

Une heure plus tard, contre toute attente quand on connaît mon peu d'intérêt pour les tâches domestiques et mon attachement syndicaliste à la moindre de mes heures de repos, je me retrouve dans un bureau inoccupé donnant sur l'arrière de la piscine du centre, avec vue sur un local contenant des palmes, des tubas, du petit matériel inusité, un endroit où personne ne va, un endroit que personne ne peut voir de la route.

Je range des papiers, j'aménage la pièce pour une équipe de la DDASS qui doit passer le lendemain et faire une visite (surprise...) sanitaire.

Je vois soudain le petit Jules agrippé à un arbre, en larmes, seul, puis se laissant tomber sur le tapis de vieilles aiguilles de pin séchées, tenant son ventre à deux mains en gémissant doucement.

Personne ne le voit, personne ne peut savoir qu'il est là, je suis invisible derrière les rideaux. En une seconde, mon opinion est faite, ce gamin ne simule pas.

Un gamin qui simule ne continuerait pas à le faire lorsqu'il est seul.

Ce gosse a un problème.

J'ouvre la fenêtre, je passe par-dessus et je me retrouve près de lui.

En une seconde, il défaille et tombe sur le côté, et avant même que j'aie le temps de parler, un jet de bile verte lui jaillit de la bouche, nauséabond, comme un mélange persillé, puis il retombe en position fœtale, dans son vomi, en se tenant le ventre et en gémissant de douleur.

Je sais aujourd'hui que je n'étais pas là sans raison.

Je sais aujourd'hui que ce gamin aurait pu mourir seul, à 10 heures du matin, derrière la piscine, sous le grand pin, et que personne n'aurait pensé à le chercher avant 12 h 30, que personne ne l'aurait trouvé avant 13 h 30.

Dans mon souvenir, je l'ai pris dans mes bras et j'ai tracé avec la Fiat Punto TDI bleue du centre (je ne peux en voir une sans y penser même aujourd'hui).

Dans mon souvenir, et contre l'avis du directeur qui pestait et refusait que je parte, j'ai démarré en trombe et j'ai roulé à cent cinquante jusqu'à l'hôpital de Sarlat, distant d'une quarantaine de kilomètres.

Dans mon souvenir, le médecin m'a dit qu'il avait une péritonite et devait être opéré dans les quatre heures pour ne pas mourir, et que j'avais eu un excellent réflexe en l'amenant directement.

Dans mon souvenir, le directeur m'accueille par ces mots à mon retour au centre :

— Comment as-tu pu oublier l'autorisation d'opérer ? C'est indigne d'un futur infirmier !

— Lâche-moi, je suis parti en quatrième vitesse, j'y repars immédiatement. Avec un mec comme toi aux commandes, il serait mort.

— Tu dramatises.

— Je t'emmerde.

Dans mon souvenir, les parents, revenus en urgence de Birmanie, m'écoutent demander avec insistance des examens complémentaires sur Paris au retour de leur fils en transport sanitaire. À juste titre. Une maladie génétique rare dont j'ai oublié le nom fut diagnostiquée des semaines plus tard à l'hôpital Trousseau.

Et dans mon souvenir, c'est ce jour-là que j'ai commencé à consigner les événements de ma drôle de vie d'infirmier. Cahier bleu Clairefontaine à spirale. 1996. Ussel.

Les gens disent souvent des histoires dramatiques des autres, ou de mes propres histoires, en haussant les épaules : c'est juste une coïncidence, c'est le hasard, c'est la destinée, c'est un peu « tiré par les cheveux », c'est de l'affabulation, c'est inouï, c'est dingue, c'est quand même un peu fort de café, c'est n'importe quoi, c'est du délire, c'est des bobards, c'est une histoire de ouf...

Oui.
C'est la mienne.
Une des miennes.
Je ne cherche pas de leçon, je n'en tire pas de morale particulière, j'ai juste besoin de les raconter.

Le crépuscule

Monsieur et madame Ledoux ont 86 et 84 ans bien sonnés. Lui s'occupe d'elle depuis une dizaine d'années, avec tendresse, patience et une infinie méticulosité.

Elle alterne désormais ses journées de dialyse (lundi, mercredi et vendredi) avec ses après-midi chimio (mardi et jeudi) depuis plus d'un mois.

Lorsqu'elle rentre le soir, épuisée, il est sur le pas de la porte, avec Floukie, le labrador noir de deux ans, sage et attentif.

Les deux attendent le retour de la femme de la maison. Elle arrive enfin, du bout du jardin, portée par les ambulanciers qui n'ont pas grand mal à soulever ce petit bout de femme d'une quarantaine de kilos maximum, et tout le monde, ensuite, peut vaquer à son petit train-train du soir.

Cet après-midi, je sonne et puis j'attends un peu. Personne ne bouge à l'intérieur. Pas un rideau qui s'écarte pour vérifier que c'est bien moi. Pas un aboiement.

Je sonne à nouveau, avant de me décider, au bout de trois longues minutes, à aller frapper à la porte du pavillon voisin. Un vieux monsieur m'ouvre, suspicieux de prime abord, puis, me reconnaissant :

— Ah, c'est l'infirmier !

— Oui, c'est moi. Dites, je suis inquiet, elle est où, madame Ledoux ? Et le mari ? Y a personne ?

— Ah ben non, on vous a pas dit ? Y a personne ! Le mari il est à l'hôpital depuis quinze jours, il s'est cassé le col du fémur en tombant dans la baignoire.

— Merde ! C'est pas vrai ! Et il sort quand ?

— Oh là là, on lui a pas donné de date ! Les hôpitaux, vous savez quand vous rentrez, vous savez pas quand vous en sortez, hein ! Vous devez bien savoir ça, vous !

Je sais surtout autre chose, une statistique cruelle, un nombre froid et rond. La mortalité augmente de 12 à 20 % dans l'année qui suit une fracture du col du fémur, et ce chiffre n'est pas lié à l'opération en elle-même mais à ses conséquences sur l'indépendance de la personne, sur ses besoins, sa qualité de vie.

Une autonomie qui diminue, c'est une nutrition qui se dégrade (on ne choisit plus ses aliments soi-même, on ne cuisine plus), une peau qui s'abîme (on ne se lave plus seul, la peau est asséchée par l'urine ou les excréments qui sont en contact prolongé), des complications diverses liées au décubitus dorsal.

Je le savais âgé et fragile, je le sais désormais quasi condamné dans l'année, sauf miracle. Le chiffre de 20 % est une plaisanterie, la vérité est bien plus proche du triple.

Enfin elle arrive, avec ses ambulanciers. Ils la déposent sur son fauteuil en osier, près de l'âtre. Elle me sourit, très faible, et me montre une chaise, pendant que les deux jeunes hommes en blanc quittent le pavillon.

Nous nous retrouvons dans le calme, la lumière déclinante et le silence déprimant de cet après-midi d'hiver, les derniers rayons du soleil pointant faiblement contre les rideaux jaunis. Le radiateur électrique chauffe à peine la pièce et plus personne n'est là pour couper des bûches ni entretenir le feu de l'immense cheminée.

Je m'enquiers de l'absence du chien :
— Ben il est où, votre chien, madame Ledoux ?
— On va le piquer, monsieur.
— Quoi ?
— Je ne peux pas le sortir, mon mari est à l'hôpital, ma fille vit au Canada, vous savez, ça me fend le cœur mais je n'ai pas le choix.
— Mais il a quel âge ?
— Deux ans et deux mois, monsieur.
— On peut le donner, on peut l'apporter à la SPA !
— Non, monsieur, non, j'ai déjà pris le rendez-vous avec le vétérinaire, ils sont passés le prendre ce matin. J'en pleure depuis une semaine.
— Pffff... Eh ben c'est la joie...
— Et mon mari, monsieur, mon mari... J'ai essayé d'appeler sa chambre mais ça ne répond jamais, ça ne répond jamais, et les infirmières ne veulent pas me le passer du poste de soins, on me dit que ce n'est pas possible...
— Je vais voir ça avec vous, madame Ledoux. Mais dites-moi, qui s'occupe de vous, ce soir ?
— Moi.
— Vous seule ?
— Oui.

Je reste sidéré. Elle tient à peine sur ses jambes, elle ne peut faire plus d'un pas sans vaciller. Je regarde autour de moi.
— Et l'infirmière libérale ?
— Elle vient le matin, uniquement.

— Et votre voisin ?
— Il déménage à la fin du mois, il s'en va à Tours.
— Mais qui va vous faire à manger ?

Et là, dans le calme absolu de l'entrée, avec sa petite voix fluette, ses deux grands yeux bleus me fixant, elle me dit :
— Monsieur Ron... Vous savez... Je vais me laisser mourir de faim, je pense. J'en ai jusque-là (elle fait le geste du plat de la main) de vos collègues. Oh, ne vous méprenez pas, vous êtes adorable, mais je suis épuisée.
— Et ?
— Et je vais arrêter de manger. Je pense qu'en une semaine ce sera plié. Si je me souviens bien de Maman, après le décès de Papa, elle avait arrêté de boire et de se nourrir, on l'avait forcée, on avait mis des perfusions, mais vous savez, une personne qui veut mourir, elle y arrive.
— Oui, je sais. Vous êtes sûre que c'est ce que vous voulez ? Il reste toujours de l'espoir, vous savez, toujours.

Je hoche la tête, je lui prends la main.

Elle sourit doucement.
— À votre âge, oui, il en reste ! Mais au mien ! Je ne suis pas sotte, vous savez. Je pense que je ne reverrai jamais mon mari. J'ai demandé à tuer le chien, oui, tuer, ne soyez pas ému, c'est le vrai mot qu'on doit dire. J'ai une fille que je ne vois jamais et qui ne m'aime pas. Je suis seule. Je suis malade. J'en ai marre de ce cirque. Laissez-moi partir tranquille, hein...
— Je... Ça ne se passe pas tout à fait comme ça.

— Si. Disons que vous n'avez qu'à revenir mardi prochain. Ça me laisse une semaine. Ça sera largement suffisant.

Je n'aime pas le faire d'habitude mais je lui ai fait la bise. Question de distance professionnelle, de protection. Je lui ai fait deux grosses bises qui claquent.

C'était sûrement la première et la dernière fois que nous nous embrassions, de toute façon.

Entretien d'embauche

J'hésite presque à le raconter, je veux encore conjurer le mauvais sort quelques jours de plus, je me dis que si je n'en parle pas le temps fera monter la sauce en ma faveur, mais je crois que non, en fait, je peux le dire, je pense m'être fait rétamer à un entretien d'embauche sur une base discriminatoire vendredi, et c'est la première fois depuis 1999.

La dernière fois, c'était parce que le médecin mesurait un mètre soixante et moi un mètre soixante-dix-neuf. Si, si, on peut ne pas avoir un poste sur un critère aussi conséquent.

L'autre jour, c'était parce que je suis un garçon pour un poste d'infirmière. Rendez-vous compte, un homme pour un job de femme. Non mais vous imaginez le cas de conscience de l'employeur.

Je pense que sur la « supposée » illégalité totale des propos que vous allez lire, ce monsieur est passible d'un procès, mais je ne suis pas totalement sûr, pas totalement.

Florilège.

The big boss et moi, dans un bureau. Grand palace parisien.

Monsieur le directeur, à vous la parole :

— Alors vous venez pour le poste d'infirmière ?

— D'infirmier, oui.

— C'est bizarre, quand même, pour un homme, non ?

— Non, pourquoi ?
— Expliquez-moi votre choix !
— Quel choix ? De venir postuler chez vous ?
— Non, ce choix de vouloir être infirmier, pour un homme, c'est bizarre, tout de même...
— Eh bien j'ai toujours voulu faire ça car...
Il m'interrompt.
— Mais comment vous allez faire avec les femmes de l'entreprise ?
— Comme avec les hommes !
— Bah bah bah, tout de même, ce n'est pas pareil, je me souviens d'une infirmière que nous avions à *Singapore*, pour le personnel, c'était extraordinaire, elle nous maternait, c'était génial...
— C'était donc une mauvaise professionnelle.
— Pardon ?
— L'infirmière n'est pas là pour materner, elle est là pour accompagner, pour soigner ; la notion de maternage inclut une dimension affective et émotionnelle qui relève d'un cadre beaucoup trop intime. L'empathie n'est plus possible dans le « maternage ».
— De toute façon, vous êtes un homme...
— Et alors ?
— Vous ne pouvez pas... enfin... être... je veux dire... doux...
— Super, quel cliché... Donc quand vous voulez un maçon, vous prenez un homme et quand vous voulez une nourrice, vous prenez une femme ? C'est confortable, non, comme point de vue ?
— C'est surtout la logique...
— Avec ce genre de logique, monsieur, la société en serait encore à laisser les femmes dans la cuisine et les hommes au bureau. Les femmes se battent depuis 1946 pour l'égalité avec les hommes, je revendique le droit de materner comme une femme, pour reprendre votre point de vue sur la question.

— Mais un homme, tout de même, avec les... règles ou les autres problèmes féminins ? Vous allez leur dire quoi ? Vous allez les soigner comment ?

— Vous voulez dire les pécheresses qui regardent les hommes et qui enlèvent la burka dans la rue ?

— Je ne comprends pas votre remarque.

— Moi, je me comprends, monsieur le directeur.

— Écoutez, je pense qu'on va plutôt vous proposer un CDD, monsieur l'infirmier.

— Le texte de l'annonce parlait d'un CDI exclusivement...

— Oui, mais vous êtes un homme, c'est une condition un peu spéciale qui change la donne... Je vais plutôt vous proposer de rester en test quelques mois et nous verrons à cette échéance si...

— Mais...

— Ah je vois que vous parlez occitan, je vais vous accompagner chez mon directeur du marketing qui parle aussi occitan et qui jugera de votre « moralité », hi hi hi !

— Je ne l'ai pas pratiqué depuis le bac.

— Oui, on verra, on verra... Allez, je vous laisse.

Je vous épargne tellement j'ai honte le septième et dernier entretien (oui, sept), avec la DRH qui me pose les mêmes questions sur mon rapport à la nudité féminine... Et moi, à bout d'arguments, disant que je suis gay et que je m'en tape comme de ma première quetsche.

Avec le recul, je me suis détesté d'avoir sorti ça comme argument, je lui ai même dit : « C'est très bas comme argument, mais c'est le seul qui vous indiquera mon degré d'implication sexuelle dans toute cette affaire », et je me suis maudit, mais j'étais à bout.

J'ai passé sept entretiens, presque cinq heures au total, pris sur mes jours de repos, pour m'entendre dire que je suis homme et que le CDI n'existait plus mais passait en CDD.

J'en fais quoi, de ma colère ?

Je les laisse mariner dans leur connerie ? Je passe à autre chose ? J'envoie un e-mail ?

Je m'en tape, du taf, j'en ai, et un de bien, un de sympa, en CDI, bien payé, dès début juin...

Mais je suis en colère.

Très.

Un peu plus tard dans la journée, impression confirmée d'un énorme gâchis. Appel de la DRH :

— C'était une blague que vous avez mal comprise, le directeur plaisantait. Nous vous proposons un CDD car vous êtes intérimaire et c'est moins grave pour vous que de passer d'un contrat intérim à un contrat CDD, ce n'est pas une insulte de passer de l'un à l'autre.

— Oui mais je postulais pour un CDI, je ne perds pas de temps pour des CDD.

— Vous serez requalifié ensuite quand nous serons sûrs de vos compétences.

— Ce n'était pas dans l'annonce.

— Nous ne sommes pas dans la discrimination du tout, c'est évident, mais nous n'avons jamais travaillé avec un homme et nous nous posons la question. Voulez-vous le poste ?

— Vous me payez combien ?

— Écoutez, dites-moi oui pour le CDD et je vous fais une offre.

Elle me rappelle demain, mais c'est moi qui « interprète » et qui dois « me ressaisir » pour oublier toute « cette fâcheuse histoire » dont elle va parler « de façon informelle » à son patron cet après-midi... « de façon informelle, j'insiste ».

Ils flippent, je pense, non... ?

Journée de solidarité

Ce matin, en observant les maigres poignées de Franciliens solidaires des personnes âgées (une seule journée par an, ne rêvons pas), travailleurs montant résignés dans leur rame, ce matin m'est revenue cette anecdote.

Maison de retraite près d'Atkirch (68).

Je remplace une infirmière pour la journée.
J'arrive au petit matin et je suis accueilli par une aide-soignante qui me fait faire le tour du service et m'explique mon rôle pour les douze prochaines heures.
Préparer les médicaments.
Soit quatre-vingt-cinq piluliers, pour les sept jours de la semaine, trois prises par jour, une dizaine de comprimés à chaque prise pour les plus méritants, plus les sachets de laxatifs, bien sûr.
Elle me regarde avec un air gentil et me souhaite bon courage.
Je suis un peu étonné.
— Bah, c'est pas la fin du monde, ça prend du temps, mais il faut bien le faire, je dois en avoir pour quelques heures, quatre ou cinq, je pense.
— Oh, tu verras, mais tu vas vite comprendre, ici c'est un peu difficile.
— Bah, qu'est-ce que tu racontes ? Faire des piluliers ça n'a rien de sorcier.

Elle hausse les épaules.

— Bonne chance !

Je me mets à la tâche, un peu étonné par sa réaction et j'ouvre les placards devant moi. Je saisis le premier cahier, l'ouvre à la page des prescriptions, vois « Daflon 1-1-1 », et fais courir mon regard vers la lettre D.

À côté du Doliprane, étrangement, je trouve le Zocor et le Lipanthyl. Du Médiatensyl côtoie la Dépakine, et trois flacons (entamés) de gouttes de Rivotril traînent près des sachets de Forlax.

Je mets cinq bonnes minutes à comprendre.

L'armoire à pharmacie n'est pas rangée par ordre alphabétique comme la logique le voudrait, mais les trois cents ou quatre cents médicaments sont triés par... couleur de l'emballage... du bleu avec du bleu, du rouge avec du rouge... les sirops avec les sirops, et voire même par spécialité pour la cardiologie ou la psy.

J'hallucine.

Ça va me prendre des mois.

Je pète un câble et j'appelle la secrétaire à l'entrée pour lui montrer le désastre.

— Non mais c'est quoi ce délire ???

— Euh... (Elle est super gênée.) C'est l'infirmière qui a démissionné, elle était un peu spéciale, mais elle s'y retrouvait très bien, dans son rangement.

— Ah ça, oui, quand on a l'habitude, on doit sûrement s'y retrouver dans ce bordel, mais c'est quoi ça ? Je rêve ! Sympa pour les gens qui viennent ensuite ! Je suis le seul à gueuler ou quoi ?

— Non, tous les intérimaires qui passent disent la même chose, personne ne veut revenir ici.

— OK. Formidable. (Je bénis intérieurement l'agence d'intérim qui m'a tiré du lit pour que je leur « ôte une aiguille du pied en urgence » et je mords ma langue pour ne pas les insulter dans la minute au téléphone.) Ben merci. Merci.

— Vous restez quand même s'il vous plaît ?

— Je me tâte, je me tâte.

— Oh s'il vous plaît ! Nous n'avons plus d'infirmière depuis des mois, la directrice est en arrêt et le directeur adjoint est injoignable. Je vous en supplie, je n'en peux plus de préparer les médicaments, je n'ai pas le droit...

— Dans ce cas, on devrait fermer la maison de retraite, je pense.

— On les mettrait où ? Personne ne peut prendre en charge les vieux, ou si peu de gens...

— Et le médecin ? Il est où le médecin ?

(Gênée, elle louvoie.)

— Euh... Il a beaucoup fait pour l'établissement, vous savez...

— Il est où, là ?

— En vacances.

— Ah, et il dit quoi de tout ça ? Il ne peut pas écrire à qui de droit ?

— Euh... C'est lui, le directeur adjoint, en fait.

— Et il est au courant de la situation ?

— Oui.

— Il en dit quoi ?

— Rien. Ça tourne bien, l'argent rentre, et puis on compense les failles du système, on s'arrange... Moi je fais les médicaments, Carla, l'aide-soignante que vous avez vue ce matin, elle sait faire les prises de sang, et on a un autre aide-soignant qui appelle le médecin si besoin.

— Ah, il ne passe pas tous les jours ?

— Non, il a une autre maison de retraite en ville.

— Plus rentable, je présume, avec moins de paysans ? C'est con, les paysans, ça paye pas bien, avec leur retraite à deux balles.

— ...

— Je vais gerber.

J'ai mis sept heures à faire ces putains de piluliers et cinq de plus pour remettre la pharmacie en ordre.

À 21 heures, j'en avais plein le dos, je me suis barré en laissant un mot pour la suivante qui trouverait tout rangé ou presque. J'étais payé 52 francs l'heure à l'époque. Pour trier des médicaments, ça ne vaut peut-être pas plus cher. Je ne peux pas parler du boulot d'infirmier auprès des gens proprement dit, je n'avais eu le temps de voir personne.

Madame Pascol et la clef des champs

Tous les matins, je fais la même chose à la maison de retraite, tous les matins, tout le temps.

Des fois, j'en ai marre ; des fois, non. C'est parfois plus facile de faire les mêmes gestes, de poser les mêmes questions, de vérifier les mêmes points sensibles, il suffit juste de mettre son cerveau en mode automatique, d'enclencher le sourire et de toquer aux portes avec les mêmes trois blagues, les mêmes trois modules de conversation.

Ça me fatigue moins, je pense.

Je ne me sens pas un mauvais infirmier pour autant, je fais mon job.

Du moins je me plais à le croire.

C'est donc devenu un automatisme, mais, mine de rien, quand je rentre dans une chambre, chaque détail est inspecté et rangé dans un coin du cerveau, quelque part, ou instantanément utilisé pour une question pratique. Je surveille tout, en parlant de la pluie et du beau temps.

« Ah tiens, vous avez le nez rouge aujourd'hui, madame Martin ! »

« Ah vous avez dormi avec la fenêtre ouverte, monsieur Grimbert ? »

« C'est quoi, alors, ce bouton dont vous avez parlé à la veilleuse de nuit ? »

« Vous êtes toujours à jeun, hein, monsieur Ducasse ? »

Parfois, les gens me parlent de moi et je sors alors de mon rail pour leur répondre.

Ils me demandent si j'ai bien récupéré, pourquoi j'ai l'air fatigué, si ma copine a eu quelque chose pour la Saint-Valentin, comment s'appelle ma maman.

Je suis toujours content de leur apporter un peu d'air frais, alors je m'arrange pour raconter vite fait une bêtise pour les faire rire, sur ma mère ou ma copine.

Ça marche généralement.

Pour les valides, du moins.

D'autres, la plupart, ne se rendent même pas compte que je rentre dans la chambre pour poser les médicaments ou prendre une température. J'ai beau les appeler, parfois doucement, parfois en élevant un peu le ton (les personnes âgées entendent mal), j'ai beau ouvrir les volets, leur prendre le bras en caressant la main, rien ne sort de cet échange.

Je les vois inertes, leurs dents du haut affaissées sur la lèvre inférieure, des fois je les crois morts. Ils ne se réveilleront que plus tard, secoués par ma collègue ou traînés de force à la douche tiède.

Madame Pascol, l'Alzheimer, n'est plus dans sa chambre ce matin.

Je regarde sous le lit.

Rien.

Je suis les traces de merde séchée le long du mur et j'arrive à la salle de bains.

Une chemise de nuit souillée est jetée en boule par terre, à côté du téléviseur trente-six centimètres qui trône dans la douche.

— Oh oh, y a eu carnaval cette nuit.

Je ne m'inquiète pas trop, je pense qu'elle attend devant l'ascenseur, comme chaque matin pendant des heures, et que quelqu'un va la reconduire dans sa chambre d'une minute à l'autre.

Elle sait que l'ascenseur est un moyen de locomotion, elle sait que l'ascenseur va l'emmener loin de sa chambre, mais elle ne sait plus le faire fonctionner.

Le bouton d'appel qui clignote devant elle n'a plus aucune signification, et il ne lui vient plus à l'idée d'appuyer dessus pour faire monter la bête.

Encore mieux (pour ma tranquillité), si par mégarde elle arrive à monter dedans, elle ne saura pas plus se servir des boutons indiquant les étages et attendra en hurlant dans le noir que quelqu'un vienne la sortir de cette cage froide, immobile et sombre.

Bref, j'ai souvent de la chance, madame Pascol est enfermée au deuxième étage, avec infiniment peu de possibilités de sortir.

Oui mais.

Ce matin-là...

Elle aussi a dû avoir de la chance.

Après avoir changé de chemise de nuit et en avoir mis une propre (sans toutefois avoir pris la peine d'enlever la merde séchée sur tout son corps, la pauvre), après avoir enfilé un chausson (juste un, le deuxième étant perdu depuis une semaine), madame Pascol est partie vers 5 heures du matin devant l'ascenseur.

Elle a attendu un peu.

Pas longtemps, puisque madame Hervaux, qui la déteste, est également sortie de sa chambre pour fumer une cigarette dans le salon.

Madame Hervaux lorgne depuis un an la chambre de madame Pascol, bien mieux orientée et bien plus grande que la sienne, et nous rabâche toute la journée qu'elle lui revient de droit, « l'autre vieille folle ne pouvant pas en profiter ».

— On verra plus tard, madame Hervaux.

— Quand ? Quand elle sera morte ? J'aurai la chambre ?

— On verra.

Et là, dans un grand élan de bonté et avec toute sa tête, la mère Hervaux a appelé l'ascenseur et demandé à madame Pascol si elle voulait monter.

Et non moins gentiment l'a laissée au rez-de-chaussée, devant la porte des vestiaires.

Qui à cette heure n'était pas close, rapport au boulanger, afin qu'il nous laisse les pains frais de la journée.

Frais comme la température du vestiaire avec la porte ouverte sur le jardin, porte laissée ouverte par le boulanger, un peu pressé de sauter dans son Traffic, y a la tournée à faire et d'autres maisons de vieux à livrer.

Et derrière le jardin, c'est la liberté.

La nationale.

Et...

L'autoroute.

Début mars, 6 heures, Alsace, moins deux degrés, madame Pascol, en chemise de nuit, un pied sans chausson, retrouve son libre arbitre et décide de rentrer chez elle, puisque son mari n'est pas venu la chercher.

Elle connaît encore son adresse.

Reste à trouver un moyen de locomotion.

J'ai dû fréquenter la gendarmerie du village trois fois en moins de quatre mois.

Ce que je viens de raconter est la déduction la plus logique du brigadier qui a fait le rapport.

Et la nôtre aussi.

Mais revenons à madame Pascol.

Alors.

« J'ai soixante-quatre ans, un Alzheimer, pas encore trop froid, une dizaine de kilomètres à faire pour rentrer chez moi. Quel est le meilleur moyen, huuum ? »

Pensez-vous qu'il y ait des chauffeurs de bus assez cons pour prendre à un arrêt une vieille dame presque à poil, sans argent, pour la déposer en centre-ville à dix kilomètres de là et ne se poser aucune question sur ce qui peut bien lui arriver ?

Oui, il y en a. Le chauffeur de la ligne 9 ce matin-là. C'est dingue, non ?

Non, même pas.

On est en France, en 2005, le civisme, hein, le civisme... Le regard sur autrui, l'inconnu qu'on doit aider, la bienséance, l'éducation, ou simplement les valeurs humaines. On se fiche de l'autre. L'autre n'est qu'une nuisance, un moyen ou un objet. L'autre n'est plus rien.

Je suis réac, j'assume. Le con qui conduisait le bus ce matin-là n'a pas fait son boulot d'être humain.

Pensez-vous que cette même dame dans la rue, à l'aube, pendant que des commerçants ouvrent leur devanture, pieds nus ou presque, hagarde, cyanosée, va choquer quelqu'un, quelqu'un qui va la prendre par la main, l'appeler ou lui proposer un chocolat chaud, quelqu'un qui va gérer l'histoire ?

Non.

Enfin si, je suis médisant.

Une collégienne de quatorze ans, qui part en cours, et qui voit madame Pascol un peu titubante, prend son portable et appelle sa mère, aide-soignante à l'hôpital, de repos pour la journée.

La mère, qui habite à deux pas, descend de son appartement, une veste à la main, et fait doucement monter madame Pascol chez elle.

Appelle la gendarmerie.

Qui arrive trente minutes après.

Et nous la ramène.

Tout le monde respire.

Jusqu'à la prochaine fugue. Dans une heure, dans une semaine.

Peut-être en ce moment même.

Une araignée au plafond

Été 1998.

Je suis en visite chez un grand psychotique, nous allons chez lui, au fin fond du Berry, dans une énorme exploitation agricole.

Nous sommes les infirmiers-psys en vadrouille, on a une Kangoo, une tournée à faire et quatre malades à aller piquer, généralement une « injection retard » d'un produit calmant, c'est-à-dire que le médicament va faire effet pendant plusieurs semaines.

Le type nous voit arriver du bout du chemin, il est installé à la fenêtre de la cuisine ; une bonne douzaine de gros chiens aboient à l'arrivée de la voiture.

J'ai un peu peur de sortir du véhicule, c'est la première fois que je le rencontre. Comme je suis accompagné d'un vieux routard du métier, je prends sur moi, j'ouvre la portière et nous sortons en nous frayant un passage entre les canidés, version Alain Delon « un flic dans la ville », impassibles.

Les chiens s'arrêtent d'aboyer dès que le type tire en l'air avec sa carabine de chasse.

C'est bête comme tout, mais ça marche bien, à chaque fois que mon collègue le visite.

Encore eût-il fallu que je le sache, parce que mon cœur fait un demi-tour dans ma cage thoracique à la seconde où je le vois empoigner son vieux fusil... viser le ciel et tirer en hurlant : « Putains de chiens, dégagez ! »

Mon collègue, serein et souriant :

— Il est folklo mais pas méchant.

— Eh bé, qu'est-ce que ça serait s'il était méchant, punaise !

— C'est pour éviter qu'il le soit qu'on lui fait des piqûres, vois-tu.

Je chuchote :

— J'ai peur !

— Garde la main sur ton sabre laser, mon jeune padawan, et quoi qu'il se passe, ne dis rien et n'accepte pas son café ! (Il sourit encore plus calmement.)

Le type, une armoire de cent cinquante kilos avec un regard de dément, nous fait signe d'entrer par la porte de devant.

Une odeur insoutenable me saute à la gueule immédiatement.

D'un coup, je lève la tête et je vois.

Je les vois.

Pendues au plafond, par centaines, des pattes de cochons séchées, tournoyant au bout d'une ficelle plantée à un clou, suspendues aux poutres ou dans le plancher du dessus.

Des centaines de pieds de cochons, de quarante centimètres de long, partout, comme un tapis d'algues cauchemardesque, des algues rose-violet avec un sabot, une vision d'horreur au plafond, avec des dizaines de mouches se promenant dessus.

Odeur.

Bruit.

Mes yeux sautent partout comme des billes folles.

Le type :

— Un p'tit café, *gentlemen* ?

(C'est le mot qu'il a employé, *gentlemen*, oh mon Dieu, je veux sortir.)

Je bafouille :

— Non merci.

Le type s'avance vers une sorte de pot en plastique taché par les années posé sur la table, le vide d'un coup dans la cour, et les chiens se ruent sur des restes de je ne sais quoi, on dirait du pigeon.

Cru.

Ensanglanté.

Sans rincer le pot, il verse de l'eau du robinet dedans, puis se tourne vers la cafetière et la remplit avec.

Genre café au sang de pigeon, quoi.

Il sort une tasse d'un placard, la tasse est marron de crasse.

Puis il saisit un bout de sauciflard qui traîne et, en suçotant le bout tenu par ses doigts crasseux, de l'autre main il baisse son pantalon de jogging jaune virant sur le gris, entraînant son vieux slip, nous offrant sa grosse fesse poilue pour son injection mensuelle.

Rencontre du troisième type

Quarante ans, un faux air de Ralph Fiennes, pas mal du tout. Il a l'air un peu mâché.

— J'ai mal aux dents.
— Depuis quand ?
— Samedi. Je me suis battu.
— Ah bon.
— Je lui ai collé une bonne pêche, mais j'ai pas évité la sienne.
— Dans la rue ?
— Non, chez ma copine.
— Ah ?
— Oui, son mec est revenu plus tôt que prévu.
— Ah.
— Son mari est en déplacement, alors son mec pensait qu'elle était libre en journée.
— Attendez, attendez, vous êtes le quoi, vous ?
— Le troisième.
— Ah... (Je réfléchis à la situation.) Euh, OK.
— On peut le passer en AT ? (Accident du travail.)
— Faut peut-être pas pousser non plus, monsieur, hein.

À la messe

Marie-Lucie a cinquante ans, Marie-Lucie est folle, Marie-Lucie se douche toute la journée et se frotte jusqu'à se faire saigner pour se purifier de son péché commis il y a bien longtemps.

Je l'accompagne à la chapelle de l'hôpital et on en profite pour se griller une clope en parlant un peu :

— Vous n'avez pas froid Marie-Lucie ?

(Elle est nue sous son anorak et ne porte qu'un jean.)

— Non, le contact du tee-shirt me coupe de Dieu, petit.

— Ah, d'accord.

— Tu seras sage à la messe, petit ?

— Je suis toujours sage, Marie-Lucie, toujours.

— Tu regarderas bien la Vierge, hein ?

— La vierge ?

— Oui, la Vierge Marie, notre Sainte Mère à tous.

— OK.

On s'assoit sur un banc, la chapelle est quasi vide, la cérémonie commence et Marie-Lucie se frappe régulièrement le poignet contre le banc en secouant la tête comme un hochet diabolique et chevelu. Puis elle me chuchote :

— Regarde-la, regarde-la !

— Qui ?

— La Vierge ! Elle me tire la langue ! Je suis tellement sale qu'elle se moque de moi !

— Je ne crois pas, Marie-Lucie.

— Oh si, tu ne regardes pas assez.

Et pendant toute la cérémonie, Marie-Lucie se frappe le poignet, faisant résonner un bruit sourd dans l'église presque vide, en susurrant « mauvaise fille, mauvaise fille ».

À la fin de la cérémonie, je la prends par les épaules pour la relever – elle fait à peine quarante-cinq kilos – et je la conduis vers la sortie. Machinalement, je me tourne vers l'autel pour faire un signe de croix.

La Vierge me fait un clin d'œil.

Je regarde à nouveau, avec attention.

Je fronce les yeux puis les écarquille en observant comme si ma vie en dépendait.

Rien.

Je secoue la tête, la fatigue probablement.

Marie-Lucie ne dit rien durant le trajet du retour, et nous marchons dans la neige qui craque sous nos pas.

J'ouvre la porte du pavillon. La laisse passer devant...

Elle me sourit et me tapote la joue, affectueusement.

— Coquin, tu l'as vue aussi, hein ?

Les Monstres

Alsace 2002.

On est un peu tristes, Sonia vient de mourir, subitement, dans la nuit.

Je m'y étais attaché, moi, à Sonia.

Elle bavait, elle était aveugle, sourde, muette et ne marchait pas, mais elle faisait des sourires à n'en plus finir quand on entrait dans la chambre. Une sorte de sixième sens, sûrement.

Je travaille depuis cinq mois à la maison d'accueil spécialisée (MAS), l'endroit où on cache les monstres que personne ne veut voir, les adultes un peu difformes, un peu différents, ceux qui crient et ceux qui se tapent la tête contre le mur toute la journée. Ceux qui font peur, que je ne peux même pas décrire tellement les corps sont incroyablement déformés.

Il y a ceux dont la mère a pris le mauvais médoc pendant la grossesse, et dans les années 70 on avait la surprise uniquement à l'accouchement... Tête énorme, pas de bras, pas d'anus. Opérations, réanimation, mise en institution. La mère ne passe plus depuis 1981, il ne reçoit jamais de visite, le Bertrand... Pourtant, il est marrant, dès qu'il y a *La Star Ac* à la télé, il hurle le générique dans son charabia à lui.

Il y a les accouchements sous X après un viol familial... La gamine naît un peu déformée, mais bon, techniquement, quand un père enfante sa fille, il y a des risques, quoi. Là, c'est bizarre, mais la mère est revenue pile trente ans plus tard, une seule fois, mais quelle fois, revoir sa fille.

Il y a les accidents à la naissance, un poil d'anoxie, un anesthésiste qui se rate pendant dix secondes, et hop, un candidat de plus pour la MAS.

Quand je suis bien fatigué, je dis souvent :

— Putain, je suis vraiment à la masse aujourd'hui.

Et je me fais sourire tout seul.

Donc, la Sonia est morte, et le directeur, monsieur Kerber, me demande de venir avec lui à la mairie faire les papiers pour l'enterrement. On a de la chance, le cimetière vient d'être agrandi et les parents ont laissé à leur mort 40 000 francs pour les obsèques de leur unique fille.

Le maire du petit village salue le directeur comme il se doit, un employeur de quarante-cinq salariés sur une commune de cinq cents habitants, c'est énorme, puis le maire me serre la main, y a les cantonales dans pas longtemps, on sait jamais, histoire que l'infirmier soit inscrit sur les listes électorales en Alsace et qu'il vote droite-bien droite.

Large sourire alsacien et populiste :

— Messieurs ?

— Monsieur le maire, je viens acheter une concession.

— Arrrrr monsieur Kerber, vous prévoyez déjà ?

— Non, c'est pour une des pensionnaires de la MAS.

Silence. Surpris, le maire reprend :

— Vous voulez acheter une concession ?
— Oui.
— Mais pourquoi acheter ?
— Eh bien pour l'enterrer dans le village, c'est le souhait de sa mère qui est native d'ici.
— Vous voulez l'enterrer dans le cimetière ??? Avec les gens ???

Nouveau silence. Je commence à comprendre et j'interviens :

— Attendez, où est le problème ? On vient acheter une concession pour y mettre Sonia qui vient de mourir. C'est interdit ?
— Non, mais c'est un cimetière de gens normaux, monsieur.
— Pardon ?
— Vous n'allez pas mettre une fille de la MAS au milieu des gens, tout de même ?! Ça ne se fait pas, non ?! Et puis les maladies, tout ça ?... Et puis, si ça se sait, les gens qui viennent fleurir les tombes, non non non... Écoutez messieurs... (Il nous fait un clin d'œil complice.) Moi je vous arrange l'affaire, on fait ça discrètement un jour de semaine, en matinée, tôt, on a une fosse commune au fond du cimetière, bien au fond, discrète, et en plus vous pouvez même récupérer pour l'association le budget prévu, c'est une bonne chose, non, 40 000 francs ? Mais la mettre au milieu des gens normaux, ça non, je crains que ça ne soit pas possible. Humainement, c'est pas possible. Voilà... (Deuxième clin d'œil complice.) Et la messe, c'est pour la mairie, c'est moi qui offre la cérémonie, c'est normal, monsieur le directeur !

On a dû faire intervenir un sénateur du coin (dont le fils était lourdement handicapé) pour l'avoir, cette putain de place au cimetière.

Œil pour œil, dent pour dent

Le bloc opératoire est divisé en trois parties, bien distinctes, réparties selon leur activité salissante, pour des raisons d'hygiène.

Nous avons deux salles pour la stomato, l'ORL (celles-là, elles sont bien dégueu, effectivement).

Une pour la chirurgie esthétique.

Et la pièce mystère, le bloc fermé, celui-dont-on-ne-prononce-jamais-le-nom.

La surveillante désigne chaque matin les infirmiers travaillant ce jour-là et les affecte au petit bonheur la chance sur un bloc, au gré des humeurs, des plannings, des arrêts maladie.

Souvent, en arrivant à 7 heures, mon angoisse est de trouver mon prénom sur le Velleda dans la case stomato, car cela signifie que je vais devoir bosser avec le chir' qui arrache des dents toute la journée, et ça, moi, je ne gère pas. Déjà que, dans ma vraie vie, le dentiste est une horreur, là, je ne vous raconte pas. Les bruits, les odeurs, la vue, tout. En direct et sans filet, puisque je suis à dix centimètres de la mâchoire du mec qui se fait opérer.

Banco.

Ce matin, je lis le tableau et je vois inscrit « Ron au bloc 5, stomato ».

Cool.

Vraiment... Heureusement que je suis au régime, ça va me permettre de ne rien manger à midi tellement j'aurai les narines pleines d'odeurs à la c...

Le type est déjà anesthésié, allongé sous les champs stériles, et je parcours le dossier.

Trente-huit ans, SDF, à la CMU, extraction de TOUTES les dents demandée en urgence par un service hospitalier suite à de multi-infections locales.

Le chir' a déjà deux doigts dans la bouche. Retroussant les babines du mec, il passe des doigts inquisiteurs entre chaque rangée et souffle derrière son masque bleu :

— QUELLE MERDE ! Mais quelle merde !

Moi, étonné :

— Il y a un problème ? Il est endormi, ça va être plus simple, non ?

— Vous déconnez ! C'est pourri, tout est pourri, c'est pire que du calcaire, tout s'effrite ! Oh, quelle merde ! Venez, approchez.

Il me tend un tuyau de trente centimètres de long, semi-rigide, en forme de manche d'aspirateur, un tuyau transparent relié au « vide » (ce que nous nommons le « vide » est une des trois prises connectées dans chaque mur de chaque chambre/bloc/pièce d'un hôpital, et proposant une aspiration/de l'oxygène/de l'air) qui va tout engloutir. Permettant de régler la force de l'aspiration, une manette près du mur est positionnée au maximum.

Mon rôle, fascinant, est d'absorber le sang et la salive qui giclent en permanence de la bouche, ainsi que les bouts de dents et autres merdouilles déchiquetés par la fraise. Je dois aussi tendre les pinces voulues, chacune portant un nom exotique que je retiens avec beaucoup de difficulté.

Le stomato prend une énorme pince en forme de... pince... genre pour arracher un clou, voyez, puis d'un geste vif il l'enfonce dans la bouche.

Il écarte un peu la pince, saisit une dent du fond et tire un coup sec.

Crrrrrrraaaac.

La dent pète, le coude du chir' jaillit en arrière, la pince emmenant avec elle un énorme bout de dent marron-noir, et laissant une lissade de bave et de pus verdâtre des lèvres au torse du type, heureusement couvert par le champ. Ça pue. Genre le champignon blanc de Paris, avec un peu de roquefort, et le truc vert sous l'ongle du gros pouce du pied quand on le laisse plus d'une semaine.

Le stomato gueule comme un putois luxembourgeois :

— Bordel de merde à la con ! On va devoir y aller dent par dent avec tout le matériel... Ça va nous prendre la matinée, c'est de la grosse merde. Cons de CMU à la con, j'aime pas les pauvres, putain, qu'est-ce qu'on se fait chier à m'envoyer des blaireaux de merde qui ont jamais eu un centime pour le dentiste mais passaient leur paye en gauloises et binouze ! Cons de cons de pauvres de merde ! Je suis sûr qu'il a un cancer dessous et qu'il va pas nous passer les fêtes.

Je le regarde, le tuyau en main.

— Ça va ? Je vais peut-être aller manger un Pim's pendant que vous nous faites un infarc' ?

— Oh, toi, ta gueule, aspire !

Je ne dis rien, c'est un sale con dans le bloc, mais il est adorable en sortant, une sorte d'exutoire au stress, vraisemblablement.

Le Scialytique n'est jamais correctement orienté, son CD doit être joué plus fort, moins fort, remis au début, sa femme n'a pas appelé, mais qu'est-ce qu'elle branle cette connasse, où avez-vous rangé mon fil numéro 4, vous n'êtes pas assez rapide, vous y allez trop vite mon pauvre ami, mais donnez-moi donc ça, ooooooh mais c'est pas vrai d'être nul à ce point.

De temps en temps, il est obligé de prendre un... truc dont je ne me rapelle plus le nom – un burin, un mandrin ? –, qu'il agrippe de sa main gauche, et le voilà à taper dessus avec un petit marteau de la droite, à grands coups durs, pour faire sauter les dents. Quand on était sur celles de devant, oui, les deux de devant, j'ai failli en mourir, je pensais à Dustin Hoffman dans ce vieux film, *Marathon Man*. Elles ont sauté en trois coups de burin comme de vieux morceaux de plâtre gâté.

Quatre heures non-stop.

Le boulot est fait.

TOUTES les dents sont extraites.

Le type, sur la mâchoire, a une sorte de... humm... Vous voyez un beau rôti de veau, bien ficelé de blanc partout pour le mettre au four, en carrés bien réguliers ? Eh bien, le type a le même, en haut et en bas, dans la bouche. Ses gencives sont à vif, roses, et couvertes d'un beau fil noir qui recoud sur chaque centimètre les orifices où il y avait précédemment des dents.

Plus rien. Incroyable.

Les deux premières fois.

Parce que, au bout de cinq opérations, on s'y fait, ça n'étonne même plus.

Le bocal d'aspi est plein de trois bons litres de sang, de pus, de bouts de dents.

Les outils sont jetés, crades, sur un immense plateau.

Mon dos me fait mal, à être resté mi-courbé au-dessus du type, ma main aussi, j'ai du sang partout sur mes lunettes de bloc, mon torse, mes gants, mes cheveux sont collés au masque et me donnent l'air d'un niais du village quand j'ôte ma charlotte. Mal aux pieds aussi. Je me regarde dans la glace, je suis tout rouge de fatigue.

Le stomato me regarde, un peu épuisé.

— Allez déjeuner, on en a une deuxième comme ça cet aprèm.

La ronde de nuit

L'infirmière de nuit est énorme, elle me ferait presque peur, avec ses cheveux roux bouclés qui tombent sur ses épaules et cette barrette ornée de deux pâquerettes, incongrue et frivole, posée sur le coté droit de sa crinière. L'espace d'une seconde je repense à cette scène d'un vieux livre où la jeune nurse débarque dans un asile pour la première fois et se rend compte, à la nuit tombante, que les patients ont tué toute l'équipe. Ils ont revêtu les blouses des médecins et ils l'encerclent en souriant. Elle hurle de peur. Clap de Fin.

Elle me tend la main :

— Olga Cassoulet.

— Olga Cassoulet ? (Incrédule, je fronce les sourcils.)

— Oui. Je sais, c'est un nom de danseuse pour le Crazy Horse mais je l'aime bien ! Plus que cent kilos à perdre et je danse sur la scène avec les autres filles, tous les soirs ! AHAHAHAHA ! (Rire d'ogre femelle.) Allez, prends tes affaires, on va te montrer le bureau.

— Euh c'est ma première nuit, Olga.

— Tu es en quelle année ?

— Troisième.

— Déjà fait de la psychiatrie ?

— Oui, deux fois, il y a deux ans, dans un pavillon ouvert, juste à côté, et l'année dernière, dans une clinique pour dépressif. Mais je n'ai jamais fait de nuits, jamais en pavillon fermé... J'ai un peu peur, on m'a dit que les patients des « Lilas Noirs » étaient très peu violents, on m'a dit...

— Qui t'as dit ça ?

— Les élèves qui sont venus en stage avant.

— Ils étaient là en journée, coco, nous, on travaille de nuit, ce n'est pas du tout la même charge de travail, les mêmes conditions ni les mêmes traitements qu'on leur file dans le gosier, aux malades. Tu as de la chance d'être tombé dans la bonne équipe, tu seras tranquille, tu verras. Pose ton gilet et ton sac sur le bureau, je ferme à clef, on va aller préparer les cachous de nuit et les distribuer ensuite.

— Je n'ai pas de jeu de clef pour moi ?

— Non. Tu n'en auras pas besoin. Rappelle-toi juste en cas de besoin de ne jamais tourner le dos à un patient, de ne jamais laisser un patient entre toi et la porte de sa chambre, de ne pas aller dans une pièce non éclairée. Ce sont des consignes de sécurité évidente. En cas de danger, tu cries très fort, du plus aigu que tu peux et nous, on arrivera rapidement. Tu te roules en boule par terre en continuant de crier, tu verras, souvent, ça les arrête. Surtout tu ne les frappes pas, tu ne les mords pas, tu ne te permets aucun coup, mon grand, hein, ce sont eux qui auront raison si la famille te fait un procès, officiellement, on ne touche jamais aux malades. Mais t'inquiète, quand les portes sont refermées, ici, nous, on saurait très bien comment leur faire comprendre qui commande s'il le fallait. Il suffit d'un torchon mouillé et de taper plusieurs fois dans le ventre, assurément ça les calme.

Devant mes yeux arrondis, elle rajoute précipitamment :

— Non pas que je l'aie jamais fait, hein, c'est juste un conseil que je te donne pour l'avoir entendu plusieurs fois ailleurs, ici, ça ne se fait pas.

— OK, j'ai compris. On prépare les médicaments de nuit ?

— Oui. Devant toi, il y a les gouttes, alors tu prends le cahier de prescriptions et les minis coupelles, tu scotches le nom des patients sur chaque coupelle et tu arroses généreusement en tenant compte de l'inflation, merci.

— C'est-à-dire ?

— Oh ben, tu sais, la nuit, c'est la nuit, hein, par essence, la nuit, ils sont là pour dormir, pas pour faire chier les infirmiers qui travaillent. Les malades doivent comprendre qui c'est qui commande, ils vont pas commencer à faire la loi, tu vois, moi je reviens de trois semaines de vacances, je suis morte, on a fait la Croatie avec ma sœur et mon beau-frère, j'ai failli me mettre en arrêt pour reprendre des forces. Pas envie de batailler ce soir, je veux que tout le monde dorme.

Je hoche la tête, compatissant. Elle reprend :

— Alors, je te disais que pour les gouttes de nuit, tu tiens compte de l'inflation, tout augmente ma brave dame ! Si le toubib a prescrit 40 gouttes de Tercial, tu en mets 80, histoire que le malade ne nous fasse pas sa crise d'angoisse à minuit. De toute façon, c'est pour le bien de tous, si le type dort, il est en meilleure forme le matin pour assister à ses entretiens avec le psy et si l'équipe est pas emmerdée, il y aura moins d'arrêt maladie sur l'année, tu vois. En plus, toi tu es jeune, tu connais pas les psychiatres, c'est souvent des gauchistes un peu babas cool, enfin, je dis rien, moi aussi j'aimais bien les hippies mais tu vois, les psychiatres, ils sous-dosent les patients pour pas trop les ensuquer parce qu'ils ne sont jamais là à les voir tout casser après. Nous, on est sur le terrain, on sait qu'un patient qui n'est pas cassé par son traitement, la seconde où il a envie de te tuer par-derrière, il aura la force de le faire. Alors que s'il est bien médiqué, bien bien bien médiqué, tu n'es pas emmerdé de la nuit et tu n'as pas à t'angoisser pour ça. Faut comprendre la plupart des infirmiers, aussi, on n'a pas que ça à faire de nos vies, tu vois, regarde Jacques, tu vois qui c'est, Jacques ?

— Le grand chauve ?

— Ouais et ben Jacques, il est agriculteur de métier, il a une ferme, des bêtes, une vraie exploitation à gérer, de jour, et s'il passe la nuit à s'occuper de toutes ses conneries de patient, qui va faire tourner sa ferme, le lendemain, qui ? C'est toi qui vas aller nourrir les animaux, traire les vaches, gérer toute l'affaire ? Tu l'imagines venir ici et travailler ensuite là-bas avec une méchante nuit dans les jambes ? Il faut être réaliste, un peu. Donc, tu pratiques l'inflation, comme le gouvernement. AHAHAHAHA.

— C'est-à-dire, Olga, je suis un peu embêté mais moi, je suis stagiaire et à l'école, on nous dit très clairement que les prescriptions sont intouchables, qu'on doit les respecter à la lettre, vraiment. Que c'est une faute professionnelle de changer une posologie...

— Babababa... Et depuis quand c'est une faute d'adapter un traitement pour le bien-être du patient ?

J'ai sur le bout de la langue mon laïus sur la maltraitance médicamenteuse mais je sens bien qu'Olga n'est pas du genre à recevoir la leçon, surtout après trois semaines de vacances épuisantes en Croatie. Je me contente de sourire niaisement. Elle soupire devant mon silence et me dit simplement :

— Bon, prends exemple sur moi et observe comment je fais, demain tu seras seul et tu feras pareil, compris ? C'est bien parce que c'est le premier soir, OK ? Alors, dicte-moi le nom et la posologie.

Je me saisis du cahier :

— Antoine Berberian, Haldorex 25 gouttes et un demi Stolnox.

— Ah ben lui, tu vois, délirant comme il est, tu n'hésites pas, 60 gouttes hop voilà et tu lui donnes un Stolnox entier (elle le sort de son emballage et le broie à la cuillère au milieu des gouttes roses, dans la coupelle).

— Euh mais on peut les mélanger comme ça, je croyais qu'on devait obligatoirement prendre le Stolnox avec de l'eau...

— Mais non, tout se mélange, il n'y a jamais de problème entre les médicaments, c'est des conneries, tout ça, de toute façon, dans l'estomac, ça se mélange pas peut-être ? Alors ?? C'est pas logique ?? *Du moment qu'ils le fabriquent, tu sais, c'est que c'est pas dangereux à avaler*, moi je dis toujours. Ensuite ?

— Aurélie Boiltard, 20 gouttes de Privol, 10 de Haldalax et 1 cachet de Proultazol.

— Alors, elle, elle m'a tellement gonflée avant de partir que je la connais, la musique. Donne-moi le Privol, merci.

Elle appuie fortement sur le flacon. Un jet transparent en jaillit qui éclabousse de gouttelettes le plan de travail. Elle recommence plusieurs fois sa pression. À la quatrième, satisfaite, elle contemple les quelques millilitres de liquide. Je suis stupéfait mais j'essaie de ne rien montrer. Il y a, au bas mot, dix fois la dose demandée par le médecin. Olga me montre du doigt la boîte d'Haldalax. Je la secoue. Elle est vide.

Olga la jette à la poubelle et me demande d'inscrire sur le cahier vert de la pharmacie le nom du médicament qui sera commandé demain, par l'équipe de jour. Je le note et je me retourne vers elle :

— Vous voulez que j'aille en chercher rapidement dans un autre pavillon ?

— Pour quoi faire ?

— Euh ben pour lui donner...

— Tu vas pas aller déranger une autre équipe de nuit en allant chercher un cachet, réfléchis, un peu... T'inquiète, de toute façon, ça ne sert à rien l'Haldalax, c'est pas bien grave...

— Je croyais que c'était un puissant hypnotique ??

— Ouais, ça ou autre chose, tu sais, pour eux, c'est toujours la même histoire, comme je dis toujours, si on avait trouvé le moyen de les guérir, il y aurait plus de chômeurs que de dépressifs et ça n'arrangerait pas les affaires du gouvernement. Suivant...

— Il y avait aussi un cachet de Proultazol à mettre.

— Tiens, je lui mets les deux derniers et on finit la boîte qui part direct à la poubelle. On se prend pas la tête, note-le aussi sur le cahier de la pharmacie...

— Je n'ai presque plus de place, il faudrait ouvrir un nouveau cahier !

— Va dans le tiroir du haut et prends le bloc-notes des commandes. Note « cahier de pharmacie » et mets un post-it sur le bureau de la surveillante en signant « Olga ». Tu vois comment c'est facile d'avoir de bonnes notations ? Ne fais que ce qui se voit, nettoie ton vestiaire et lave ta tasse de café avant de la ranger. La surveillante, elle te trouvera plein d'esprit d'équipe, respectueux du matériel et des autres collègues et elle te met

18/20. Ce n'est pas compliqué quand même d'être bien vu ! On vérifiera avant de partir que les autres ont laissé mon post-it dessus, je n'aime pas quand on s'attribue un truc que j'ai fait moi toute seule, ça dénote d'une sale mentalité, tu ne trouves pas ?

Olga fait le tour du service, un peu précipitamment, ne voulant pas rater la fin d'*Intervilles* à la télé. Il est 21 h 15, les malades sont tous dans leur lit. La chaleur est écrasante, dehors, on sent que l'été va être atroce.

Devant chaque chambre, c'est la même scène qui recommence. Sans frapper, Olga pousse du sabot l'épaisse porte et clignote cinq ou six fois sur l'interrupteur en braillant :

— Service de nuit, tout le monde au lit, on prend son médoc, merci.

Elle s'approche du lit, le patient se redresse, ouvre la bouche et Olga enfourne alors d'un geste efficace la poignée de médicaments qui commençaient à fondre dans sa main. Elle donne le gobelet contenant les gouttes. Une fois que le patient a dégluti, elle se tourne vers le lavabo, saisit le verre à dents souvent couvert de pâte dentifrice séchée, le remplit d'eau tiède et revient vers le lit.

Le patient avale tout le liquide en quelques gorgées puis ouvre à nouveau la bouche en tirant la langue. Olga passe alors un index boudiné sur les dents, à l'intérieur de la joue, contre le voile du palais puis se l'essuie sur sa blouse en sifflant, satisfaite :

— Moltobéné ! Bonne nuit, à demain et je ne veux pas d'histoires !

— Bonne nuit Olga !

À chaque patient, la même histoire se répète, sans variante, sans difficulté, la routine de la bouche ouverte, langue tendue, l'index qui fouille et le trousseau de clef qui verrouille l'épaisse porte en sortant. Personne ne conteste. Je suis épaté par tant de docilité. À peine avons-nous passé le cinquième lit que le premier, visité 10 minutes plus tôt, ronfle déjà bruyamment en faisant, me semble-t-il, vibrer les parois des murs centenaires. Olga glousse :

— La cheminée du *Titanic* ! Il va droit sur l'iceberg... Celui-là, on ne peut pas dire qu'il mourra dans son sommeil, on l'entendra venir avant, hey !!

Au fond du couloir, deux chambres d'isolement pour les patients les plus agités, les plus violents, deux chambres dont une seule, ce soir, est occupée. La porte est plus épaisse encore, ornée d'un œil-de-bœuf en son milieu, large comme une orange. Le verrou est doublé mais cela ne suffit pas, parfois, pour contrer la violence des coups portés lorsque la camisole chimique ne contient plus le désespoir et la rage animale.

À l'intérieur, quatre murs blancs, capitonnés, des murs salis de traces diverses, nourriture, sang, merde, multiples sécrétions de hargne expulsées contre les infirmiers, les médecins, les médicaments ou soi-même. Un matelas, par terre. Un drap. Un polochon. Une fenêtre grillagée, d'une trentaine de centimètres, à trois mètres du sol.

Frédéric nous regarde entrer, sans un mot, assis en tailleur, vêtu d'un haut de pyjama, mi-nu, jambes croisées sur son matelas. Son sexe pend lamentablement dans l'assiette de purée froide qu'il a glissé dessous, le regard est vide, au-delà du neutre. Un filet de bave sur le coin de la bouche. Quelques bulles se forment lorsqu'il expire. Olga me demande de rester vaguement derrière elle, je la sens plus attentive à la situation, la première fois depuis le début de la soirée.

Elle s'approche de lui, il n'esquisse pas un geste. Elle se penche, ramasse l'assiette et recule en quelques pas, sans jamais lui tourner le dos. Arrivée à la porte, elle me tend l'assiette, prend les gouttes, un verre d'eau puis vient se placer devant Frédéric qui ne dit rien lorsqu'elle lui ouvre la bouche, aidée de ses deux doigts. En lui maintenant la mâchoire ouverte d'une main ferme, elle glisse un à un les comprimés puis, de l'autre, subitement, elle incline le verre d'eau tiède dont la moitié dégouline sur le menton, le torse, la verge longue et poisseuse. Frédéric s'étouffe rapidement et la quinte de toux semble l'éveiller un peu. Il cherche à reprendre sa respiration, avec difficulté puis retousse à nouveau bruyamment. Une glaire verte est expulsée devant lui, à quelques centimètres du sabot d'Olga. Qui se tape le front :

— Merde, son sirop, son sirop, il va encore se déchirer la gorge toute la nuit à tousser comme ça... Je l'ai laissé dans la pharmacie de garde... Tu vois où elle est ?

— Euh non, je sais pas, c'est ma première nuit...

— Tu ne vois pas la pièce à côté du vestiaire des filles avec la porte verte ??

— Non, je n'ai pas fait attention.

En soufflant, elle se redresse et me jette un regard noir :

— Bon, Ron, tu attends ici, tu ne bouges pas, j'en ai pour 2 minutes, je reviens tout de suite.

Je l'entends s'éloigner dans le couloir. Je suis collé debout contre le mur de la chambre de Frédéric, la porte à ma droite est restée grand ouverte, je fais alors mine d'être totalement à l'aise en repliant ma jambe et en appuyant la chaussure de travail à plat sur le mur blanc.

Je souris. Pas trop. J'essaye de ne pas me faire remarquer, de ne pas l'énerver, de ne pas lui montrer que j'ai peur. De lui. De moi. J'essaye de me persuader que j'aime mon futur métier, que la situation est inoffensive. Qu'Olga va vite arriver.

Sa phrase tranchante coupe le silence comme une flèche de Jivaro dans la jungle et je comprends immédiatement qu'il est en pleine possession de ses moyens intellectuels. Physiques. À deux mètres de moi. Il me perce de ses deux yeux bleu clair :

— Tu es élève infirmier ?

— Oui.

— En quelle année ?

— Troisième.

— Je te fais peur ?

La question me glace. La salive disparaît de ma bouche. Mes testicules rétrécissent. Les battements de mon cœur s'accélèrent et une petite voix intérieure me crie de foutre le camp pendant qu'il est encore temps. Vite. Sans dignité, sans assurance. Juste foutre le camp.

Je souris faiblement :

— Pourquoi vous pensez que vous me faites peur ?

— Bien, tu me fais reformuler ma question, ça t'évite de répondre, bien. Un « première année » n'aurait pas su me renvoyer dans les cordes avec autant de finesse. Mais ça ne répond pas à ma question... Je te fais peur ?

— Je devrais avoir les chocottes ?

— *Les chocottes*, c'est pour les enfants. Non, si tu avais lu mon dossier, tu devrais te pisser dessus. Je sors de Cadillac. Tu connais, Cadillac ?

— L'hôpital psy haute sécurité à côté de Bordeaux ?

— Oui. J'ai demandé à venir m'aérer un peu.

— Je ne savais pas que c'était possible.

— Si, on peut le faire. Pour les patients qu'on pense stables.

Il joue une demi-seconde avec le verbe « penser ». Me jauge. Se lève. Hormis son haut de pyjama rayé, il est nu et me fait penser à Charlotte Gainsbourg dans le clip « Lemon Incest ». Même accoutrement, même cheveux longs bruns, même petit nez mutin. Il serait presque beau s'il n'y avait ses yeux. Ses mains ressemblant à des cutters de pianistes. Il ne dévisse pas ses yeux des miens :

— Je te fais peur ?

— Pas plus qu'un autre.

— Je ne te fais pas peur... ?

Je souris, j'ose même faire semblant de rire.

Il me sourit aussi alors, mais ses dents abîmées gâchent aussitôt l'angélisme étrange que laissait échapper l'ovale de son visage. Il incline la tête :

— je te fais rire ?

— Pas vous, votre question. Si je réponds que vous me faites peur, ça ne vous plaît pas, si je réponds que vous ne me faites pas peur, ça ne vous plaît pas non plus. J'ai repensé à *Astérix en Corse*, quand un légionnaire drague la sœur du patron... l'espace d'une seconde...

— Ah je vois précisément à quoi tu fais allusion. Oui, c'est ça. Exactement ça. quelle que soit la réponse, elle est mauvaise. C'est une impasse. Tu aimes les jeux psychologiques ?

— Non. Je ne suis pas assez intelligent pour ça.

— Ne fais pas semblant de te diminuer pour me donner de l'importance.

— C'est compliqué, avec vous, monsieur. Je ne peux rien dire.

— Voilà. Tu ne peux rien dire. Je suis plus intelligent que toi. Et plus fort, aussi. Tu sais que j'ai crevé l'œil d'un surveillant, à Cadillac ? Un type puant qui me prenait pour un idiot malgré mon doctorat de chimie. J'ai attendu qu'il s'approche d'un peu trop près, paf, j'ai mordu dans mon assiette en plastique épais, serré la mâchoire, elle s'est brisée, j'ai pris un morceau et je lui ai mis un coup de côté, pour lui apprendre à me prendre pour un idiot. Il a eu très peur, il pensait même que je voulais le tuer. Quel abruti. Pas du tout. Je voulais juste lui donner une leçon. Une bonne leçon. Ne me prends jamais pour un idiot, Ron. Ron. Quel prénom.

Je note dans ma tête qu'il a tout écouté depuis mon entrée en chambre. À cet instant, un pas lourd dans le couloir m'apprend qu'Olga va refaire son entrée. Souple comme un chat, Frédéric croise ses jambes et prend une position de yogi maléfique, ses yeux noirs de nouveau inexpressifs. Je suis stupéfait par son manège. Olga, essoufflée mais hilare pénètre dans la chambre :

— Alors Ron, tu t'es fait un nouveau copain ? Le pauvre, il cause pas beaucoup tellement le traitement est fort. Tiens, Frédéric, je t'ai emmené ton sirop pour la toux.

Et alors qu'elle se penche sur lui pour le lui faire avaler, je vois l'œil droit de Frédéric lentement tourner vers le mien et me regarder, amusé, pendant trois longues secondes.

Histoire de 1er décembre

De mon temps.

Quand j'ai commencé l'école d'infirmiers, en 1995, on nous parlait du sida plus d'une centaine d'heures, un module entier y était consacré, et on nous distribuait affiches, prospectus et petits livrets pour en déposer un peu partout. On en crevait encore vite et péniblement à l'époque (maintenant, en Europe, c'est lent mais toujours pénible), avec plein de maladies sympas pour accompagner les derniers jours. La situation n'a pas tant changé, mais les gens croient que le sida est un peu comme le diabète, un peu chiante comme maladie, mais finalement pas si grave.

Grossière erreur.

En 1995, jeune élève infirmier de vingt et un ans, je faisais un stage en maladies infectieuses, petit mouroir planqué au deuxième étage de l'hôpital où se cachaient des squelettes perclus, couverts de taches brunes, attendant entre deux diarrhées une mort incroyable pour leur si jeune âge.

Les pancartes au pied du lit me faisaient halluciner dans chaque chambre :

Christophe, né en 1973.

Jérôme, né en 1971.

Laurent, né en 1974...

Dans une chambre, un vieillard devenu aveugle et grabataire me sonne.

— Oui monsieur ?

— Tenez-moi la main, s'il vous plaît.

— Vous avez mal quelque part ? Vous avez besoin d'aide ?

— Non, j'ai juste besoin que vous me teniez la main. Et de votre prénom.

— Écoutez, j'ai les soins de 8 heures à faire, des injections, des perfusions à changer et les températures à prendre, je ne peux pas, là, maintenant, tout de suite...

L'infirmière responsable de mon stage rentre alors dans la chambre et me chuchote que c'est bon, je peux rester.

Je m'assois sur le bord du lit et je prends la main du vieillard. Sa barbe noire immense lui mange tout le bas du visage, ses yeux sont recouverts de lunettes noires, sa peau est tachée de kaposi et il sent clairement la merde.

— Je suis Ron.

— Merci. Vous avez quel âge ?

— Vingt et un, et vous ?

— Vingt-deux.

(Je ne peux étouffer une sonore onomatopée d'étonnement.)

— Oui, vingt-deux, je sais, je fais plus. Je vais mourir ce matin, Ron, tu ne veux pas me raser s'il te plaît ? J'aimerais être beau pour ma tante, elle vient de Lyon exprès mais je ne peux plus l'attendre, je le sens. S'il te plaît.

— D'accord. (Je ne discute jamais quand quelqu'un me dit qu'il va mourir, jamais. Je demande pourquoi, je m'étonne un peu, parfois j'en plaisante légèrement, mais je ne nie jamais l'information.)

— Tu sens bon, Ron, c'est quoi ?

— Grey Flannel de Geoffrey Beene, je n'ai jamais porté autre chose.

— Tu as les mains douces, mais vas-y doucement, chacun de tes gestes me fait hurler à l'intérieur tellement j'ai mal. Tu as une couleur préférée ?

— Le bleu marine. Et le rose. Mais je n'ose pas le porter, je n'ai rien de rose. Et vous ?

— Le noir, uniquement. Tu connais le classique ? J'aimerais que tu mettes un CD dans le lecteur pendant la toilette. S'il te plaît.

J'en choisis un.

— Oh Moussorgski ! Merci. (Il commence à pleurer.) Serre-moi la main, Ron. S'il te plaît. Plus fort. Plus fort. (Il redouble de larmes.) L'homme de ma vie m'avait offert ce CD à notre premier anniversaire.

— Il a bon goût.

— Il est mort en janvier de la maladie. Mais ce soir, je dîne avec lui... (Il chantonne sur la musique. Il délire un peu, il est bouillant de fièvre.)

— Ça va là ?

— C'est parfait. Tu sais ce qui me ferait plaisir ? À l'entrée de l'hôpital, il y a un fleuriste, j'aimerais que tu prennes 200 francs dans le tiroir et que tu m'apportes des roses, des belles.

— Je ne peux pas, c'est les maladies infectieuses ici, c'est interdit.

— S'il te plaît. Et quand tu reviendras, pose-les sur ma poitrine, elles ne me gêneront pas.

— Hé, vous m'avez dit que vous partiriez pour dîner ce soir, pas après notre petite toilette.

— Je suis au bout, je le sens.

Je finis la toilette, je range les bassines, lui retape un peu les oreillers, arrange la table de nuit, remets le CD au premier morceau et j'entrebâille la fenêtre pour faire un peu d'air, puis je prends les 200 francs dans le porte-monnaie.

— Bon, je file, j'en ai pour dix minutes.

— On ne se reverra pas, donc merci pour cet instant, Ron.

— Teu teu teu... Dix minutes.

Je mets la main sur la poignée, et au moment où je sors il me glisse un tendre :

— Profite, Ron, profite !!! C'est tellement con la vie ! Profite.

Je descends à l'entrée de l'hôpital, trouve un beau bouquet pour 150 francs et je remonte.

Oui, il avait raison, l'odeur des roses ne l'a pas gêné.

J'ai posé le bouquet entre ses doigts bleuissants et déjà tièdes et je suis sorti en laissant la musique.

Hello François, où que tu sois.

En soirée

Ce qui va suivre est, en toute simplicité, le truc le plus ahurissant qui me soit arrivé dans ma courte carrière.

Si, si.

Le truc le plus énorme, la situation la plus loufoque, l'anecdote qui me fait le plus marrer et qui reste dans mon best of des anecdotes de la mort, juste après celle de la Carotte, qui vaut aussi son pesant de... carottes.

Début septembre 2004, je suis l'infirmier des stars, le nom que me donne mon amie Caro, rapport aux apparts de trois cents mètres carrés, en duplex, boulevard S., chez les grands de ce monde que je visite deux fois par jour afin de piquer les vieilles fesses fripées de gens connus aux visages lissés.

Je dois passer chez une vieille dame adorable, ancienne grande actrice du cinéma français, qui souffre de « vessie brûlée » ; son appareil urinaire a pâti pendant une séance de rayons, au moment de son cancer, il y a une dizaine d'années.

Elle ne peut plus uriner seule, je dois donc passer la sonder matin et soir.

L'appartement immense, très chic mais accueillant, est rempli du sol au plafond de vieilles photos souvenirs en noir et blanc, parfois en couleurs, des années 30 aux années 60.

Je reconnais Carné, Renoir, Guitry et plein de vieilles vedettes oubliées.

Elle est même en photo au bras de Gérard Philipe.

C'est en toute simplicité qu'elle m'accueille à son retour de vacances, dans le couloir, toute nue sous son peignoir.

— Ron, j'ai un souci !

— Mince, pas grave, j'espère ?

— Ben si, j'ai les plombs qui ont sauté ou autre chose, et je n'ai plus un doigt d'électricité dans l'appart. J'ai allumé quelques cierges qu'on m'avait ramenés de Lourdes et une grosse bougie de Noël, j'espère que ça fera l'affaire.

Je regarde l'heure, 19 heures, il va faire nuit dans pas longtemps, j'ai intérêt à me magner le derrière si je veux y voir quelque chose dans sa foufoune.

— Bon, ben, allons-y quand même, on va se débrouiller.

Et nous prenons la position.

Elle, sur le dos, au bord du lit, le cul dans le vide, les jambes relevées et pliées, talons reposant sur mes épaules, et moi à genoux sur la moquette, penché en avant, la sonde dans la main gauche et la poche réceptrice dans l'autre.

J'ai un souci dans mon métier depuis des années, je dois l'avouer.

Je ne sais jamais, euh, comment dire... sonder les dames... C'est-à-dire, en gros, que je ne sais jamais dans quel orifice je dois introduire ma sonde.

C'est celui du bas ? Celui du haut ?

Vous pensez bien que je ne mets jamais le nez là-dedans pendant mon temps de repos, évidemment, et je n'ai pas l'occasion de pratiquer cet acte tous les jours, donc j'essaye vainement à chaque fois de me rappeler, je me creuse la tête, ça va me revenir, c'est obligé...

Oh punaise ! C'est celui du haut ou celui du bas ?

Les femmes, quelle plaie à sonder.

Bon, on va dire que c'est en haut.

Et là, à genoux, ses talons sur mes épaules, à quinze centimètres de son appareil génital, je me rends compte que je ne vois rien malgré les bougies.
Elle glousse et me dit :
— J'avais prévu le coup !!! Regardez, j'ai ma vieille lampe torche ! Par chance, il reste des piles dedans !
— Ah ben ouais, on est sauvés.
Et elle incline le poignet pour m'éclairer la scène. Je la dirige :
— Non, plus bas, plus à gauche, attendez, plus haut, voilà, ça y est, j'y suis. Ne bougez plus !
Je rentre la sonde, ça y est, j'y suis.
L'urine coule.

J'observe lentement la scène, pour bien mémoriser les détails, et je m'arrête sur la photo de Gérard Philipe.
— Il était gentil ?
— Oh oui, un peu gauche, sûrement, mais gentil. Grand comédien.

— Appuyez un peu sur le bas du ventre avec votre main libre, merci.

Elle le fait, puis me regarde du bout du lit, appuyée sur ses coudes, en relevant le menton.
— Dites-moi tout, Ron, la situation est un peu incongrue, non ?
Je fais le blasé.
— Pas du tout, ça arrive tout le temps ! (Clin d'œil complice.) J'adore parler de Gérard Philipe en sondant une dame, éclairé à la bougie et à la lampe torche, ça m'arrive tous les jours. Je suis sûr que la semaine prochaine, ce sera Claudia Cardinale dans un hélicoptère au-dessus de Clermont-Ferrand. C't' affaire, c'est une question d'habitude, ma petite dame.

Elle éclate de rire.
— Je n'en crois pas un mot, vous sortez quasiment du ventre de votre mère !
— Oui mais j'ai vécu des trucs pour trois vies.
— Écrivez-les.
— Je le fais tous les jours.
Elle pouffe à nouveau de rire.
— Si vous racontez cette scène, ayez au moins la gentillesse de dire que l'éclairage me favorisait !

La vessie se vide, la poche est pleine, et je lui prends les talons pour les poser doucement sur le lit.
Je me tourne pour jeter la poche dans le sac-poubelle, qui pend ouvert sur le côté de la table, maintenu par une statuette bizarre.
— Ça vous gêne si je bouge la statuette ? Elle est bizarre, hein... Vous avez ramené ça d'où ?
— D'Espagne. Elle est laide, n'est-ce pas ?
— *Claro que sí !* Ils font des horreurs pareilles en Espagne ???

(Je rigole doucement.)

— C'est un ami qui l'a faite pour moi. Il est mort, alors je la garde en souvenir.

— Il était artiste ?

— Oui, vaguement connu... (Elle me fait un petit signe de tête nostalgique vers l'arrière.) Pablo...

— Ah... LE Pablo ?

(Carrément nostalgique et les yeux ailleurs.)

— Oui, il y a bien un siècle de ça.

Quelle soirée.

Mais quelle soirée.

En sortant, j'ai eu besoin de voir la tour Eiffel scintiller pour moi, et moi seul, du haut d'un pont. L'impression d'être vivant, heureux et jeune ne me tombe pas dessus tous les jours. Un bateau-mouche passait, en bas, sur la Seine et moi, j'ai répondu aux touristes qui agitaient leurs mains. Il commençait à pleuvoir. Il était temps de rentrer.

La main au collet

Quand j'étais l'infirmier des stars dans le XVIe, chez les riches riches riches que ça n'en peut plus, l'une de mes clientes me faisait un peu mal au cœur et à la même seconde jaillissaient de sombres desseins dans mon petit cerveau perdu de pauvre infirmier provincial débarquant dans la capitale.

J'en dormais de moins en moins bien.

Elle était riche.

Très.

Et malade des neurones.

Très.

Elle devait avoir dans les quatre-vingt-quinze ans au moins et perdait donc la tête depuis une bonne année, Alzheimer bien comme il faut, tout juste capable de se souvenir qu'elle avait encore une vessie, une télé et des gens aux petits soins pour elle.

Nous nous partagions les visites à domicile, moi deux fois par jour matin et soir, sa femme de ménage le midi et un neveu lointain au téléphone de temps en temps, appelant de son exil fiscal ensoleillé.

J'étais payé 100 euros le matin pour ouvrir un sachet de Forlax.

J'étais payé 100 euros le soir pour ouvrir un deuxième sachet de Forlax.

Voilà.

Entre-temps elle trottinait entre sa cuisine, son salon et sa chambre, robinets d'eau fermés par précaution dans la cuisine et gaz coupé.

Je rentrais seul, avec ma propre clef, dans un appartement de quatre cents mètres carrés sur deux étages, possédant un bassin pour des poissons, une terrasse avec de la vraie pelouse sur le toit et un escalier en marbre de je ne sais plus où pour rejoindre le salon du piano.

J'allais la trouver, généralement dans sa chambre, assise sur le lit et regardant par la fenêtre les nuages dans le ciel parisien.

Elle avait une fois de plus défait les draps pour les mettre au sale, le seul geste humain de son ancienne vie dont elle se souvenait encore, et elle attendait, immobile, sur le matelas, que quelque chose se passe. Quand la femme de ménage arrivait, cette dernière prenait les draps, les mettait dans la machine, et faisait avec la dame un lit tout propre, chaque jour.

Parfois la dame oubliait en milieu d'après-midi que les draps avaient été changés et je devais refaire le lit avec elle.

Parfois je la trouvais près du téléphone, essayant de se souvenir d'un numéro depuis longtemps oublié, sûrement une amie morte au début des années 80 et dont la photo ornait la table de nuit. Elle regardait, hébétée, le combiné qui pendait près du téléphone, sans comprendre la signification de la courte liste scotchée sur le miroir et qui disait : « Police 17. SAMU 15. »

Parfois elle appuyait sur l'affichette.

Elle n'était même pas étonnée de ma venue tous les jours ; elle oubliait à chaque fois qui j'étais, mais mon sourire et ma démarche assurée la rassuraient, je ne devais pas être un cambrioleur, non, ni un violeur, non, ni un tueur.

Je m'asseyais généralement sur le fauteuil Empire.

— Bonjour, madame Briscard de Chavailles !

— Bonjour, monsieur.

— Comment allez-vous aujourd'hui ? Je suis l'infirmier.

— Ah. Ma foi, je vais bien, je vais bien, oh, vous savez, à mon âge, qu'est-ce qu'il faut faire, hein, qu'est-ce qu'il faut faire, on attend la mort, voilà.

— À ce point ? Vous attendez la mort ?

— Mais oui, qu'est-ce qu'il faut faire ? Mes amies sont mortes, mon mari est mort, mes enfants sont morts, mes parents sont morts, je n'ai plus personne, je n'ai plus personne, moi, j'attends la mort, qu'est-ce qu'il faut faire ?

C'était comme ça à chaque passage, matin et soir, un discours stéréotypé, prêt à l'emploi, terrible sur le fond mais très redondant sur la forme. Cette dame avait raison, sa vie ne valait plus la peine, sûrement, d'être vécue. Mais bon.

Deux choses attiraient mon œil à chaque visite.

Près de l'entrée, sur la table du salon, trônant au milieu de statues sud-américaines de taille respectable, en or massif, un gros œuf était posé sur un écrin de velours violet, ouvert en deux, d'un bleu marine incroyable, une fine fleur de lys en or sculptée ornant sa face.

Je savais très bien ce que c'était.

Et si ce n'était pas ce que je croyais, c'était une copie extraordinaire. Sublime. Envoûtante. Attirante. Je n'osais le caresser que du bout des doigts, à chacun de mes passages, je ne voulais pas le salir, je ne voulais pas qu'on pense que je pouvais le (voler) casser par maladresse, paysan que je suis.

(Le voler.)

Une idée.

(Le voler.)

Qui le saura ?

La femme de ménage ?

Si ça se trouve elle n'y connaît rien, elle n'y fera même pas attention.

(Le voler.)

Pour moi, pour le montrer à ma mère, pour le toucher, pour le mettre sur la table à la maison, pour le caresser, pour l'avoir à moi. À moi.

My precious.

J'en devenais ivre, presque, tellement des pensées contradictoires et obsédantes m'envahissaient. Moi qui n'ai jamais volé une gomme, moi qui rougis à l'idée de faire sonner un portique chez Celio, moi qui ne ferme jamais à clef mon entrée, je commençais à échafauder des plans, à imaginer des scénarios, à vérifier des disponibilités bancaires, des filiales spéciales, des échelles de prix sur Internet.

J'en devenais ivre.

Je le voulais.

Je vous ai parlé de deux choses.

La deuxième était une peinture.

Un matin, en regardant le petit tableau noir et blanc, mal éclairé, mal exposé, poussiéreux, dans le grand couloir encombré de commodes, je me suis penché pour voir la signature.

J'ai soufflé un peu dessus, et de mon pouce droit j'ai fini par frotter la toile tellement la couche de crasse était épaisse.

Picasso.

À sa gauche, en frottant un peu, j'ai fini par lire Degas sur la grande toile colorée que je n'aimais pas beaucoup. Et un peu plus loin encore, un Pissarro était caché par un vieil halogène cassé, posé devant et oublié là quelques années auparavant.

Une trentaine de toiles de maîtres posées comme des photos de famille ornant un vague couloir, une trentaine de chefs-d'œuvre, un musée incroyable pour une visiteuse amnésique, oubliée là par les gardiens un soir après la clôture, une visiteuse indifférente qui aurait décidé que la contemplation de la moquette la fascinait plus que les immortelles pointes des ballerines dansant pour Napoléon III, courbées et gracieuses pour l'éternité.

J'étais fasciné.

Je me mettais à les toucher pour de vrai, à passer ma main sur les boulettes sèches de peinture, à gratter doucement avec mon ongle la courbe d'une vague, la silhouette en crinoline d'une galante. J'ai fini par en décrocher un pour le regarder tranquillement sur le canapé, à la lumière. Un petit Modigliani. Un vrai.

Pas de système d'alarme.

Une ficelle un peu grossière, un clou dans le mur et une trace rectangulaire jaunie derrière la toile, sur la tapisserie, lorsque je la pris.

Je n'ai touché de ma main une toile de maître que deux fois dans ma vie.

Une fois au siège social d'une multinationale, un tableau moderne de Léger, vieux d'un gros demi-siècle.

Et donc une autre fois un petit Modigliani, un matin d'automne, assis dans un canapé boulevard Exelmans, frémissant de plaisir et conscient de toucher l'intouchable, de poser ma main sur celle du monsieur qui faisait danser les pinceaux et se pâmer les foules.

J'ai fait ce que je n'avais jamais pu faire, je me suis mis à renifler le tableau, à passer ma joue dessus, le dos puis le plat de la main sur les aspérités, j'ai collé mes yeux contre les traits noirs, espérant rentrer dans les secrets de la toile et grappiller quelques miettes du génie, quelques miettes d'une époque révolue, quelques fragments d'un secret caché.

Je ne l'ai pas entendue arriver.

Elle s'est assise sur le canapé à mes côtés.

— Il vous plaît ?

— Oh, oui, oui... Attendez, je vais le remettre tout de suite.

— Non, non, pensez donc, non, gardez-le.

— Je vais le replacer.

— Non, non, gardez-le !

— Pardon ?

Je me pince pour comprendre.

Je sais que j'ai bien compris.

Je sais ce qu'elle vient de dire.

Je sais que je peux très bien faire le niais et partir avec.

Je sais ce que vaut sa parole.

Je sais tout.

Je pourrais... Hou là là, je pourrais...

Je rêve encore un instant.

— Bon, allez, deux minutes et je le replace.

— Vous ne voulez pas l'emmener ? Personne n'en veut ici, c'est un vieux tableau, moi je n'en ai pas besoin, qu'est-ce que je dois en faire ? Mais oui, qu'est-ce qu'il faut en faire ? Mes amies sont mortes, mon mari est mort, mes enfants sont morts, mes parents sont morts, je n'ai plus personne, je n'ai plus personne, moi, j'attends la mort, qu'est-ce qu'il faut en faire ?

— Ce n'est pas aussi simple, madame. Vous êtes croyante ?

— Oui.

— Si Dieu a voulu vous laisser en vie, telle est sa décision, voilà. C'est incompréhensible mais c'est comme ça.

— Ah bon. Ah bon.

— Eh oui... C'est le mystère de la vie.

(Elle soupire.)

— Qu'est-ce qu'il faut faire ? Hein ?

Elle avise le tableau, se lève d'un coup et part à la cuisine, farfouine deux minutes dans le placard sous l'évier et revient avec un sac en plastique Auchan.

— Tenez, mettez-le dedans, il sera plus protégé, c'est mieux.

J'hésite une dernière fois.

Pas longtemps, peut-être un clignement d'œil.

— Non merci !

Et je le repose.

À sa place.

Sur son clou.

Avec les autres.

Ce n'était pas une question de morale, j'en ai rien à battre de la morale.

Ce n'était pas une question d'honnêteté, je le sais aussi.

J'ai eu peur.

De plein de choses.

Des fois je regrette.

Des fois j'en rigole.

Mais en vrai, je regrette.

La chute de l'ange

Le stage en psychiatrie se termine.

J'arrive un après-midi, un des derniers dans ce service de l'horreur, et je trouve Marie-Lucie par terre, en sang, scalpée et une dent manquant sur le devant. Je la salue, je me penche vers elle et je lui demande ce qui se passe.

— C'est Serge qui m'a balancée du haut de l'escalier.

— Serge ? Serge l'infirmier ?

— Oui, tout à l'heure, parce que je n'avais pas rangé ma chambre assez vite, il s'est énervé et il m'a balancée du haut de l'escalier en me traînant par les cheveux.

— C'est vrai, cette histoire, Marie-Lucie ?

— Oui c'est vrai, mais qui va me croire, moi, je ne suis qu'une pauvre folle tu sais, ça fait vingt ans que je suis chez les fous, personne ne me croit, moi.

Mon estomac se noue, je ne sais pas pourquoi mais je la crois, immédiatement, j'ai la sensation que ce qu'elle dit est vrai, que l'infirmier que je n'aime pas quand je le croise chaque jour depuis un mois l'a traitée comme une merde pour passer ses nerfs dessus.

Je m'éloigne en lui disant que j'en ai pour une minute.

Je cherche Sonia, une autre élève infirmière qui fait son stage avec moi mais qui est de matin (7 heures-14 heures), et je la trouve prostrée sur une chaise, dans les vestiaires.

— Qu'est-ce qui se passe, ça ne va pas ?

— C'est l'autre type, Ron, c'est un barge, il a balancé Marie-Lucie du premier étage en hurlant, c'est ignoble !

— Mais ils ont dit quoi, les autres infirmiers ?

— Rien, personne a moufté, j'en suis malade, j'ai gerbé, rien, personne ne dit rien !

— Tu déconnes ! (Je blêmis.) Attends, je vais aller trouver quelqu'un pour m'aider à lui faire le pansement. On ne peut pas la laisser comme ça.

— Ne fais pas ça, Ron, tu vas t'attirer des emmerdements, ils vont nous noter le stage demain. S'ils le veulent, ils nous démolissent sur la note et l'appréciation. Ça compte pour le diplôme.

— Rien à battre, rien !!! On n'a pas à taper les gens comme ça !

Je file dans le couloir, je cherche quelqu'un, ils boivent tous le café en fumant des clopes dehors et je finis par trouver Martine, une vieille infirmière sympa qui retranscrit ses transmissions du matin.

— Martine, j'ai un problème.

Elle me regarde en souriant.

— Vas-y, parle, mon grand.

— C'est Serge qui a balancé Marie-Lucie du haut des escaliers, non mais tu te rends compte ?

Elle soupire et évite mon regard.

— Oui, bon, tu sais, Serge il est en plein divorce, hein.

— Pardon ?

— C'est une année difficile pour lui, sa femme se barre, il a un peu les nerfs, faut pas le faire chier, et Marie-Lucie, des fois, elle est usante. Tu la vois de passage mais nous on la supporte douze mois de l'année... Bon, allez, laisse-moi finir mes transmissions mon grand, j'ai pas trop le temps de bavarder. Tu en verras d'autres, tu sais.

Je n'en crois pas mes oreilles.

Elle n'est pas choquée. Elle n'est pas étonnée. Elle a du boulot à finir, point.

L'autre salaud décide de frapper une malade, il manque de la tuer, elle pleure, la gueule en sang, depuis des plombes, dans l'escalier, et personne ne bouge, personne, c'est comme ça, bienvenue dans le trou du cul de la psychiatrie, pour reprendre les termes du grand con frisé le premier jour. Et bien sûr, j'en verrai d'autres, comme si c'était une excuse.

Je repars trouver Marie-Lucie et lui demande de m'accompagner au poste de soins.

Elle claudique, elle a mal, elle a froid, du sang coagulé partout sur son corps, partant de la plaie sur la tête à ses mains noueuses et jaunies par le tabac.

Je tente tant bien que mal de lui faire un pansement, je ne sais pas bien les faire, je nettoie la plaie avec de l'eau oxygénée en m'excusant car je lui fais mal :

— Pardon Marie-Lucie, je suis désolé, je ne suis pas super doué.

— Tu rigoles, petit, personne ne s'est occupé de moi depuis ce matin, qui voudrait, hein, je ne suis qu'une pauvre folle !

— Ne dites pas ça, vous êtes une personne comme une autre.

— Non, je l'étais, avant, quand j'étais secrétaire, mais depuis vingt ans, ici, je ne suis plus personne, je mange les cachous rouges, je bois les gouttes dans le gobelet, je m'achète les clopes et je regarde les infirmiers vieillir.

— Je vais faire quelque chose !

— Rien du tout, tu vas avoir des ennuis, qui va t'aider, regarde, moi je parle à la Vierge et tout le monde me croit folle, laisse faire, on ne se bat pas contre les géants.

Je retiens mes larmes, je n'ai pas le droit de pleurer, je suis un professionnel, c'est mon métier, je n'ai pas le droit de craquer, je suis un futur infirmier, je suis fort, merde. Je ne pleure pas, je ne pleure pas, je ne pleure pas.

J'ai vingt-trois ans.

L'argent fait le bonheur

Les bons jours, dans l'arrondissement des stars, en surfacturant un peu la toilette (c'est l'offre et la demande, y a plus de fesses à essuyer que de mains pour le faire), on pouvait se faire du 350, 450 euros tranquille.

À multiplier par les jours de travail désirés dans le mois pour arriver au salaire qu'on souhaite.

Dans l'absolu, trente jours non-stop (comme ça peut arriver si on ne trouve pas de remplaçant au mois d'août) rapportent dans les 13 000 euros.

Moi, dix jours par mois, ça m'allait largement à l'époque.

J'arrive chez le patient un peu avant l'aurore, pour des raisons pratiques, j'ai des papiers à lui faire signer et à envoyer impérativement ce matin. Je sonne, je rentre, je sais que le monsieur m'attend dans son lit, qu'il ne peut pas en bouger seul et que la porte reste toujours ouverte. Il suffit d'appuyer dessus.

Il m'accueille avec un large sourire.

— Ah, c'est vous, ah, je suis bien content, je pensais que c'était « la libérale ». Celle-là, en ce moment, elle passe quand elle veut, comme elle veut, elle me supporte plus, on dirait.

— Vous croyez ?

— Oh, depuis qu'on m'a arrêté la chimio, elle n'est plus payée que pour la toilette, matin et soir, ça ne va pas lui payer son gros 4 × 4, vous savez.

— Ce n'est pas très bien payé, la toilette, en libéral, mais c'est la base de l'infirmier, on se fait un bon pactole en ne faisant que ça, à la chaîne. Évidemment, une bonne chimio, ça nous paye les vacances à Bora Bora pour l'infirmier qui pique...

— Mais moi, mon cher, je suis un patient lourd qui n'a presque plus de cancer. Juste des fesses à laver.

— Ah ! Je sais, je sais... Eh bien heureusement que je ne vous fais pas les soins intimes, je me tuerais le dos à chaque fois.

— Pourtant j'étais sportif, vous savez, quand j'étais jeune.

— Ah ? Vous faisiez quoi ?

— Quand je sortais du bloc, j'allais faire de l'aviron. Vous connaissez ?

— Oui, le bateau avec les rames, sur la rivière.

— Tout à fait. On était une équipe de médicaux, y avait de tous les corps de métier, on s'amusait beaucoup, on se détendait avant de repartir bosser dur. Nous n'étions pas aux trente-cinq heures, figurez-vous. Je faisais parfois des semaines de dix jours d'affilée.

— Pffff. Ne jamais se marier à un médecin !

— Ni à une infirmière.

— Oui, mais nous on est sexy sous la blouse...

On rit.

La libérale arrive par derrière et (à mon grand étonnement), sans même dire bonjour, attaque tout de suite :

— Bon monsieur Grévine, je vous le dis, je vous préviens, c'est la dernière fois que je vous fais la toilette, ce soir, je ne viens pas, c'est la dernière fois ce matin qu'on se voit.

— Je vous demande pardon ? Vous me laissez tomber ?

— Oui, vous êtes trop lourd, trop long à faire, moi je ne trouve pas de place pour me garer en bas, je baisse les bras, j’ai pas que ça à faire, ce n’est pas rentable.

L’ancien chirurgien en traumatologie la regarde, interdit :

— Vous êtes en train de me dire que je n’ai personne pour m’aider ce soir ?

— Oui, bon, je vous laisse l’annuaire près du lit, vous trouverez bien quelqu’un dans la journée, j’ai plein de confrères dans l’arrondissement qui voudront bien vous prendre, mais moi, c’est fini, vous n’êtes pas rentable, quoi.

— Madame, c’est inadmissible, votre façon de me parler est inadmissible...

Elle me montre du regard pour me prendre à témoin ct, en lui coupant la parole, lui assène son discours d’expert-comptable :

— Ben demandez au jeune homme s’il est pas d’accord avec moi, on n’a pas que ça à faire, moi j’ai des soins qui rapportent plus que vous, des gens que je surfacture sans problème, vous, vous êtes toujours à courir après le chéquier, c’est pas pour dire mais je demande à être payée le 30, vous m’avez fait un chèque le 3, le mois dernier.

— MAIS JE N’AVAIS PLUS DE CHÈQUES ! J’attendais que ma banque les...

— Oh et puis moi je suis pas à la disposition des gens, hein, la toilette du matin, si je veux vous la faire à midi, c’est midi et pas autrement, alors si vous n’êtes pas content, je vous propose l’annuaire.

— Mais madame, je vous ai juste dit que, pour des raisons d’hygiène, depuis mon cancer, je souhaitais être propre en début de matinée, pour ne pas patauger dans mon urine.

— Oh et puis ça suffit, j’ai pas que ça à faire,

alors z'avez qu'à demander à l'infirmier, là, il est autant diplômé que moi !

J'interviens :

— Hé, je ne suis pas assuré pour ce soin, je ne viens pas pour ça, légalement je ne peux pas faire les soins d'hygiène dans ce contexte, c'est vous qui avez un contrat avec la CPAM ou je ne sais quoi pour les assurer, pas moi, je ne suis pas là pour ça et je n'aime pas votre façon de parler non plus, alors vous allez vous calmer, c'est ignoble ce que vous êtes en train de dire.

Et là, elle se recule d'un pas, elle nous fixe puis, en se tournant vers la porte, elle balance :

— Oh ben si vous le prenez sur ce ton-là tous les deux, moi, je m'en vais « faire » des gens plus sympathiques et plus rentables.

Et elle nous laisse.

Comme deux cons.

Je me retourne vers monsieur Grévine pour lui dire que je vais me débrouiller et lui trouver quelqu'un dans la matinée, quel que soit l'arrangement, mais au moment où je vais parler, je le vois pleurer.

Je ne dis rien. Je souffle. Je lève les yeux au ciel. Puis j'explose :

— QUELLE CONNE BORDEL DE MERDE ! Vous allez pas pleurer pour cette conne, merde !!! Enfin !!! Oh !!! Non !!! Vous en avez vu d'autres !!! Oh, allez, on se reprend... Arrêtez de suite !!! Allez, je vous donne un Kleenex, allez allez, oh, on arrête, c'est fini, le problème est réglé, je ne pars pas avant d'avoir trouvé quelqu'un, stooooop, mais arrêtez de pleurer...

Quand il a eu fini, entre deux sanglots, il m'a dit, peu ou prou :

— Ron, je ne sais pas où va le monde mais j'ai très peur, très peur. Si je pouvais mourir ce matin, je le ferais. Rendez-vous compte... De mon temps... De mon temps... Vieillir est atroce... Vieillir est un naufrage, il avait raison, l'autre... La dépendance, la dépendance, je vis un cauchemar, je vis un cauchemar, je voudrais être mort, oh, je voudrais tant être mort ! Si vous ne me laissiez qu'un instant devant l'armoire à pharmacie, juste un instant, je saurais quoi prendre, croyez-moi. Oh, j'ai honte de ce que je suis devenu. Je veux mourir, laissez-moi mourir.

Connasse.

Société de merde.

Système de soins à la con.

J'aimerais tant ne pas voir ça, j'aimerais tant ne pas avoir à raconter ça, j'aimerais tant me taire, mais je ne peux pas. Je ne sais pas où on va mais je le prédis : droit dans le mur, et il ne sera pas évitable.

La chambre d'Albert Camus

Je gare la voiture près du foyer des jeunes travailleurs, à côté du peuplier. Mulhouse, ses ouvriers, ses usines, ses zones habitées sans vie, écrasées par le soleil de septembre. L'été est loin d'être fini, je ruisselle sous ma petite chemisette. Je salue les trois anciens, des Algériens, assis sur leurs bancs, à côté de l'entrée du foyer. L'un sourit et me montre ses dents en or, l'autre lève sa canne :

— L'infierrrméé ! L'infierrrrmééé !

— Bonjour la jeunesse !

Ils rient. On se fait la même blague tous les jours depuis une semaine ; ça me va, ça leur va, tout va bien, quoi. Je dépasse le standard et je dis bonjour à la nana de l'accueil qui attend derrière son comptoir que le téléphone sonne. Rien, il doit sonner deux fois l'heure, maxi. Personne n'appelle ces hommes qui ont donné leur santé pendant trente années dites glorieuses, à monter des Dauphine ou à poser de l'amiante vers Jussieu. Personne ne pense plus à eux au bled. Il n'y a plus aucun travailleur en activité ici depuis une quinzaine d'années.

Long couloir triste, portes toutes fermées, lino élimé, cadres jaunis.

Le nom scotché sur la porte à la Dymo, en grosses lettres blanches, m'a fait sourire la première fois. Albert Camus. Comme l'autre, ouais. Albert

Camus. Je me suis dit : « Mais faut-il être con pour appeler son gosse comme ça, comme cette gamine de mon village, là, euh... ah ouais... Émilie Jolie ! »

Albert Camus. Je m'étais fait un dessin mental pour imaginer sa tête, une tête d'écrivain, une tête d'Hemingway du Cantal sûrement, on ne devient pas l'homonyme d'un prix Nobel par accident, ça se décide, ça, madame ! Je me fais ma petite histoire, je l'imagine grand et voûté, brun, un regard usé mais bon comme du bon pain. Il doit être costaud, viril, il doit avoir son opinel toujours sur lui. Il lit le journal assis à la table, pendant que Simone Signoret écosse des haricots en râlant, un torchon taché porté en tablier. Albert s'était toujours fait une certaine idée de la France, alors il désespérait un peu de la jeunesse.

Albert Camus ouvrit la porte.

Derrière lui, un immense cadre en bois usé contenant une photo d'un jeune légionnaire asiatique, large béret noir sur le côté, air du type qui vient de s'engager pour la France et qui est super fier parce qu'il va voir du pays, et du lointain, ouais.

Devant moi, pour de vrai, un tout petit vieux type rabougri, tout bridé, tout ridé, tout asiatique, tout stéréotypé des tongs à son short bleu délavé à son marcel blanc immaculé à ses yeux plissés et moqueurs à cette barbe de trois poils. Un portrait craché d'une de mes images mentales.

— Albert Camus ?

— Twoui, cémoi woui ?

— Je suis Ron, l'infirmier, je viens pour le pansement.

— Entrez, vous, entrez, twoui, asseyez-vous, entrez, twoui, voilà, posez mallette vous sur le lit, twoui, voilà, buvez thé, vous buvez thé et gâteau, chaleur, faire du bien, faire du bien, twoui ?

— Avec plaisir, d'accord, pendant que je fais les papiers, vous nous faites un petit thé, cool.

Je m'assois sur le lit, je regarde la piaule, pas très éloignée de celle que j'occupais à la cité U, un salon-chambre-cuisine-salle-de-bains-bureau-dressing tout en un, le confort moderne des étudiants façon *seventies*, le confort luxueux des travailleurs émigrés façon la France vous a compris et réclame votre sueur et en échange on hébergera vos femmes et vos gosses, mais construisez d'abord ces barres d'immeubles, les garçons, merci.

Albert Camus et moi, on s'est découvert, au fil des jours, plein de passions communes. Le récit de mon voyage au Viêt Nam lui plut beaucoup, même si lui donnait au pays et aux villes d'autres noms, d'autres couleurs, d'autres élégances.

Nous fêtions aussi un anniversaire à deux jours près, nous ne comptions pas les décennies nous séparant, à quoi bon ? (« Comment ça vous allez avoir quatre-vingts ans, mais vous plaisantez ? Ça vous fait rire, mais moi ça me sidère, punaise, vous avez l'air d'un type qui va faire le marathon de Boston, et sur les mains en plus... Din-gue ! »)

Albert Camus, comme moi, il a du mal avec les livres et il préfère les images.

Albert Camus, il parle doucement quand il devient sérieux et il devient tendre quand il parle des choses encore plus sérieuses, comme la mort de sa sœur, et la mort de ses frères, et la mort de sa mère, et la mort de son père, tout ça le même jour, hop la bombe elle est tombée, hop le village il n'est plus là, hop lui il est en Afrique et il n'apprend tout ça qu'un an plus tard. La Légion, on met du temps à leur dire les mauvaises nouvelles, parce qu'ils sont toujours dans les pires situations.

Moi je croyais qu'on envoyait Saint-Cyr quand ça craint vraiment et qu'on a besoin des *best of the best*. Lui il me dit qu'on envoie toujours la Légion. Je fais le mec étonné, il me hoche la tête cinq fois.

— Tsi tsi tsi, djuré craché, la Lézion, toujours la Lézion.

Il dit la « Lézion », je pense la lésion, des blagues d'infirmier à moi que je ne prends pas la peine d'expliquer, ça serait trop long, ça serait pénible, ça serait pas drôle, surtout.

Albert Camus, il voulait voir du pays quand il était jeune, et personne dans son village ne comprenait bien pourquoi. Il suffisait de cultiver un peu de riz, d'acheter une vache, il suffisait de regarder passer les moussons, les saisons, et le bonheur était là, sûrement, quelque part, sur un lopin de terre du fin fond de la Cochinchine.

Albert Camus, un matin, sans prévenir personne, il se décida. Il mit deux affaires dans un bout de tissu, il prit son chapeau et sa tunique et il alla à la ville en marchant rapidement. Il trouva le bâtiment blanc, avec le beau drapeau français ornant la façade, il passa dans le hall, sous les immenses ventilos, devant la photo du Président Lebrun et il tapa à la porte, la tête déjà courbée, prêt à donner son sang pour sa patrie, prêt à tout signer pour partir loin, en bateau, mais loin.

Il voulait apprendre à lire, il voulait apprendre tout court. Il rêvait d'autre chose. On commença par lui changer son nom et son prénom. Je croyais qu'il s'était toujours appelé Albert Camus, moi, mais non, je compris qu'un type qui se croyait plus malin qu'un autre avait décidé de s'amuser un peu, ce jour-là.

Il avait déjà enregistré/rebaptisé un André Gide la veille, le type du guichet, et il se sentait un peu d'humeur badine. Faut croire que c'était pas la moitié d'une tanche non plus, il devait renifler les futurs classiques ou peut-être que sa sœur lui refilait les bons plans bouquins du moment, on sait pas. Mais voilà que le petit Nam Dinh devint Albert. D'un coup de tampon sur un trait d'encre à peine séchée.

Il me jeta presque son prénom entre deux soupirs, le temps de cligner d'un œil et je l'aurais raté, à croire qu'il n'y tenait pas plus que ça.

Ou à croire qu'il y tenait trop et que l'évoquer autrement qu'en fuyant aurait provoqué sa chute. On parlait de plein de choses mais pas des essentielles. On était bien ensemble car il m'écoutait. Et parfois, parfois, il levait la main pour m'interrompre. Je suspendais ma phrase, j'attendais la sienne.

C'était souvent un aphorisme, un truc définitif mais pas pédant qu'il avait dû laisser faisander en lui-même pendant que je parlais de la pluie et du beau temps. Ça tombait souvent juste, comme un mélange raffiné de savoir, de vieillesse, d'Asie et de regrets.

Comme un thé spécial de chez Mariage Frères, oublié au fond d'une remise et qu'on aurait vendu sans s'en rendre compte, un matin, à un couple d'Américains voulant n'importe quoi à acheter pour caler entre deux bougies dans la valise, vite un souvenir avant Orly, avec un truc en français écrit dessus. Un mélange exquis dont on regrette de ne pas avoir pu plus en prendre, plus s'en imprégner, plus en goûter. Avant d'oublier le goût de l'exquis et de reboire son Starbucks du matin.

Ses phrases tombaient sans s'accrocher dans mes oreilles et je n'écoutais pas trop. Je savourais juste l'instant, la sonorité des mots écorchés, le rythme étrange des syllabes apprises en marchant au pas ou les yeux qui se plissaient, encore et encore, voulant garder pour eux la vraie signification de nos vies mêlées pour quelques semaines, durant le temps compté et facturé de mes soins.

Ce jour-là, il faisait chaud, atrocement chaud, le moment était lourd, pesant, et j'en venais déjà à fantasmer sur les marchés de Noël, sur mon écharpe noire, sur mes mains de nouveau gantées pour échapper au froid.

On buvait le thé, à chaque fois, après le pansement. Lui, à l'asiatique, les genoux pliés, cul presque contre terre, le bol Chicorée Leroux délavé à la main. Moi, j'étais en face, assis sur le lit, je dégustais et je m'autorisais dix minutes de papotage avant de filer chez le patient suivant.

Quand j'ai vu TF1 interrompre la série à l'eau de rose pour diffuser des images de l'immeuble en feu, j'ai tout de suite compris que quelque chose n'allait pas. Cette fumée noire. Un présage.

J'ai ouvert la bouche, mais je n'ai rien dit, ne trouvant rien d'approprié.

Albert Camus a tourné la tête, lui aussi, vers la minuscule télé suspendue à l'angle du mur. Il a hésité un instant puis il est venu s'asseoir à côté de moi. On a essayé de comprendre.

Au début, les voitures passaient dans la rue, derrière nous tout allait bien, tout était normal, il fallait le temps aux mauvaises nouvelles de traverser l'Atlantique, il fallait aussi le temps que mon monde à moi comprenne le changement définitif qui allait nous bouffer la vie, désormais, et ça, ça prenait quelques heures.

Les voitures passaient et leurs conducteurs ne savaient pas encore.

Les gens, il leur fallait allumer la radio, il leur fallait allumer la télé, il leur fallait aller acheter *Télé 7 Jours* et surprendre le buraliste en train de le raconter à la cliente devant eux, il leur fallait se pencher dans le rayon surgelés d'Auchan pour attraper la pizza du fond et croire qu'on avait dû mal entendre la dame dire qu'un attentat avec des avions avait eu lieu à New York.

Pas une seconde je ne pensai à annuler le patient suivant, qui ne fut guère choqué de mon absence, aussi happé que moi par sa télé, aussi vidé que moi de toute sa vie normale d'avant, aussi au bord du gouffre que nous tous, prêt à plonger désormais dans cette nouvelle destinée en équilibre.

Je n'avais jamais trop cru à la fête Bleu-Blanc-Beur et la gueule à Zizou sur l'Arc de triomphe, je savais que ça allait pas faire baisser mes impôts locaux.

Mais là, je savais, je sentais, je voulais pas voir mais j'avais compris que ma vie ne serait plus pareille.

Quand on a vu l'image du deuxième avion rentrant de côté comme une lame de couteau dans la tour jumelle, j'ai eu un vrai frémissement d'horreur dans le dos, une vraie chair de poule et je crois que j'ai dit « oh putain non ».

Albert Camus, il était prostré contre le mur, et moi j'étais replié sur moi-même, depuis plus d'une heure, je ne sentais plus mon dos, je ne sentais plus mes mains, je ne vivais plus que des yeux, que du cœur qui battait, que de la boule dans l'estomac qui nouait, qui nouait, et vas-y que je serre encore un tour, je crois que tu angoisses pas assez, mon p'tit père.

On est restés là pendant tout le temps qu'il a fallu pour qu'il allume une lumière, avec nos yeux en souffrance qui commençaient à pleurer de fatigue.

Le bruit sec de l'interrupteur, l'ampoule sans âme et la lumière crue, je me suis levé d'un bond et j'ai eu mal au dos, tout de suite.

La crampe, la peur, les nerfs, l'angoisse, le vide.

J'ai flotté cinq secondes comme si je me croyais obligé de vivre là désormais tout le temps et, je le jure, j'imaginais déjà que j'allais bien me trouver un coin dans la pièce, je croyais désormais que je n'aurais plus de chez-moi, que ma routine était finie et que, si si madame, la guerre de Troie aurait bien lieu, finalement.

Je ne savais plus qui j'étais, l'espace d'un moment. Je ne savais plus pourquoi j'étais là et je ne savais pas si j'avais l'autorisation de reprendre ma vie d'avant, si j'avais le droit d'éteindre le robinet d'images une seconde ou si j'avais le droit de me couper du monde entier qui voyait pareil que moi. J'étais connecté aux autres, peut-être devais-je rester hébété et souffrant, hébété et incrédule, hébété et avide.

Et puis j'ai repris mon sac.

Albert Camus a repris ses esprits.

Je lui ai tendu la main et j'ai fait le mec poli, oui, l'éducation, la dernière chose qui me reste quand le nom des rois de France ou le théorème de Pythagore ont été oubliés.

J'ai sorti mon atroce banalité :

— Bon, ben, on se voit demain, ça ira mieux demain, c'est évident !

— Montsieur Ron, je ne crois pas, non.

— Allons, allons, vous avez dû en voir d'autres, je suis sûr. Il doit y avoir une raison à tout ça, une explication, je suis sûr qu'on en reparlera demain.

Et en secouant la tête, violemment, en repoussant la porte, sèchement, en mettant entre nous deux toutes ses années de Légion, de solitude, de fatigue et de vieillesse solitaire, il me cracha vulgairement comme il devait rarement le faire :

— L'homme, il est trop con, montsieur Ron, l'homme, il est trop con. Comprend rien.

Et c'était vrai. Je ne comprenais pas. Ces types pilotes dans les avions n'avaient rien compris. Ces passagers n'avaient rien compris. Ces crétins qui commandaient tout le business dans leur grotte afghane n'avaient rien compris. On était tous comme des cons, seuls, à ne rien y comprendre.

Je n'aime pas prier pour obtenir des trucs, je trouve ça tellement McCatho Drive de prier pour avoir le bac ou la guérison du petit dernier, c'est vraiment le degré zéro de la religion... mais j'ai un peu prié, depuis, pour comprendre. Je veux comprendre.

Je prie une fois par an, en fait, le 11 septembre, uniquement pour comprendre.

Et je continuerai à le faire, une fois par an seulement, tant que je n'aurai pas de réponse.

Le reste de l'année, je me dis que j'ai mieux à faire que de parler agenouillé dans des églises à un type qui me laisse autant gamberger dans ma misère.

Madame Thibaut

J'ai un gros problème quand je travaille, un souci qui me cause bien des grognements de mécontentement à l'approche des vacances quand je mets mon nouveau maillot de bain. Je ne peux résister au pain.

Un quignon de pain, puis un deuxième, puis un dernier pour la route, et encore un pour faire passer le troisième.

Ça tombe bien, le pain, ce n'est pas ça qui manque à la maison de retraite des Deux Sirènes.

Il y en a à profusion partout, chaque matin, chaque midi et soir, sur les chariots des aides-soignantes, de bonnes grosses miches bien épaisses ou des énormes pains de campagne généreux, mais mes préférés ce sont les classiques pains de sept cents, à enfourner encore chauds, à croquer, mâchouiller et faire lentement fondre sous la langue, en faisant le tour des chambres.

Les personnes âgées commencent à s'en rendre compte et se moquent avec affection de moi.

Madame Thibaut, ma chouchoute de cent quatre ans, prend mes mains entre les siennes quand je passe lui donner ses médicaments, les met sur ses joues, puis m'attire à elle en riant doucement :

— Mon gourmand, mon gourmand, oh le voilà le plus mignon de tous les gourmands.

Elle m'embrasse partout, je maugrée, je dis non, ça ne se fait pas, c'est pas déontologique, c'est pas professionnel, puis je m'abandonne, je me laisse câliner, je suis le fils qu'elle a perdu à la guerre, le petit-fils qu'elle n'a jamais eu, et le neveu qui ne viendra la voir que refroidie pour toucher l'héritage et vendre le pavillon.

Elle ne me lâche pas les mains, elle les garde contre ses joues.

— J'ai froid, ce matin, Ron, raconte-moi tout, mon petit, fais-moi chaud au cœur.

— Alors, je suis allé en Suisse hier soir.

— Aaaaaah, où donc ? Où donc ?

— À Bâle, sur les bords du Rhin.

— Comment était la lumière ?

— Chaude, orange, à peine marron, à peine jaune, caressante et polissant tout. Les tuiles du Munster brillaient même pendant quelques minutes.

— Les gens regardaient les arbres, les fleurs ?

— Oui. Tout le monde avait l'air heureux, hier soir.

— Tu as pris des photos ?

— Oui. Plein.

— Tu sais que j'aimerais tant les voir. Tu me les feras toucher, s'il te plaît ?

— Bien sûr, bien sûr.

— Tu as pris le tramway ? Quelle ligne ?

— La 4. C'était bondé.

— Les enfants sortaient de l'école ? Ils avaient des cartables ou des sacs à dos ?

— Des cartables.

— Ah, ça revient à la mode.

Elle « regarde » vers la fenêtre et ne dit plus rien. Une absence.

Ça lui arrive souvent en ce moment.

Elle a perdu la vue progressivement, sur quelques années, à la soixantaine, et attache un plaisir intense aux petits détails visuels glanés par le personnel sur leur temps de repos et rapportés ensuite pendant les moments de toilette ou de repas. Elle écoute discrètement les conversations et reste pensive. Elle me répète des semaines après un détail entendu et m'en fait savourer sa force quand elle le place dans une anecdote de sa longue vie.

Elle était photographe, une grande photographe, elle me montre rarement ce qu'elle a aimé fixer sur pellicule car elle ne peut plus le commenter. Mais l'album de cuir rouge épais, qui sent fort, est dans l'armoire et contient des trésors oubliés de tous, des petites photos, ou des grandes, crénelées sur les bords, retraçant des scènes de vie de tribus africaines désormais décimées ou d'Aborigènes n'ayant jamais vu d'hommes blancs, encore moins de femmes blanches.

Son fils est mort pendant la drôle de guerre. À dix-neuf ans. Elle en avait trente-neuf. Elle est née avec le siècle. Elle avait mon âge en 1931. Elle a découvert *Autant en emporte le vent* au cinéma, elle, et pas en Betamax comme moi.

Elle a quitté son mari, comme ça ne se faisait pas à l'époque, volé son appareil photo (il était reporter) et demandé au patron de son journal à lui de courir le monde pour oublier sa vie parisienne.

— Mais madame (elle frémit de colère en me narrant la scène plus de soixante ans après), jamais une femme ne pourra faire ce métier ! C'est bien trop dangereux ! Votre place n'est pas ici, enfin ! Madame, vous n'êtes pas sérieuse !

Et elle me glisse, complice :

— Vois-tu, mon petit Ron, il n'y a rien dans ce monde qu'une jolie jeune femme ne puisse obtenir d'un homme si elle est décidée et qu'elle n'a pas froid aux yeux. J'ai usé de la seule arme que je savais efficace.

— Ah ? Vous l'avez tué ?

(Elle rit.)

— Non, non, je lui ai montré mes seins.

— Hein ?

— Oui, tu aurais dû les voir, j'avais une poitrine sublime à l'époque, pas comme ces deux gants de toilette... Ils étaient droits, très bien formés, les hommes en étaient fous, mais seul mon mari, quand on s'aimait, pouvait les toucher. Je n'étais pas niaise, mais je n'étais pas ce genre de femme non plus, vois-tu.

— Et il a fait quoi, alors, le patron du journal ?

— Il a fait ce que tous les hommes faisaient avec moi : il a dit OUI.

— C'est génial.

— Allez, file, avale ton pain et repasse à la pause, j'ai une surprise pour toi.

— Nooooon ? C'est quoi ?

— Une surprise, ça ne se dit pas. Allez, file, la vieille dame d'à côté n'aime pas attendre.

— Vieille ? Tout est relatif, elle a dix ans de moins que vous.

— Elle mange ses couches, on lui donne à boire avec une paille, elle ne connaît plus son nom de famille, moi j'appelle ça une vieille dame.

Je pose la main sur la poignée.

— À tout à l'heure madame Thibaut.

— À tout à l'heure, mon petit Ron. Tu sais qui vient pour ma toilette ?

— Farida je crois.

— Ah, Farida, ça va, elle est douce, et je ne vais pas attraper la mort dans le couloir pendant qu'elle fume sa cigarette. Ça va, ouf, je suis rassurée.

Quand elle me parle comme ça, je me rends compte à quel point elle est fragile, et dépendante, et combien nos moments lui sont chers. Ce n'est pas grand-chose pour moi, je m'assois et je l'écoute parler, quatre minutes tous les matins à 8 heures et quatre minutes à 10 h 30, mais je sais qu'elle attend ce moment avec impatience et je fais très attention à respecter notre rituel.

Je ne sais pas encore qu'elle a moins de trois semaines à vivre. Et je ne sais pas encore que Suzanne, l'aide-soignante de nuit, la frappe tous les soirs en la couchant. Je vais le découvrir plus tard. Mais je sais que j'apprends chaque jour un peu mieux à la connaître, en mâchonnant mon quignon, et que je rêve de lieux et de gens depuis longtemps disparus, mais dont les noms m'enchantent et me portent, rêveur, à la chambre suivante.

Chandernagor.
Sydney.
Tonkin.
Cochinchine.
Dakar.
Yalta.
Téhéran.

Rapport non protégé

Il m'arrive parfois de soigner des gens que je connais, surtout dans la petite ville où j'ai fait mes études.

Elvire, c'est l'amie de fac de maman depuis trente-cinq ans. Je l'ai toujours connue maigre et malade, toujours vue assise sur son coussin, de côté, toujours vue épuisée mais souriante, toujours entendu des paroles douces venant de sa bouche.

Elle nous séparait quand les mots allaient trop loin entre l'ado et sa mère, elle me prenait pour le « wikende » quand je ne supportais plus l'atmosphère et que je voulais mourir pour de vrai. Elle me donnait la pièce, oh pas grand-chose, elle n'avait pas beaucoup à me donner, la pauvre.

Je l'ai perdue de vue après le bac, n'habitant plus à la maison, ne venant qu'en coup de vent, pour laver mon linge, retirer du courrier ou m'engueuler un peu avec eux. Je demandais des nouvelles d'Elvire. Son cancer traînait. Mais elle était vivante. Cancer du côlon, radiothérapie, chimiothérapie, rémission, guérison, cancer du rectum, radiothérapie, chimiothérapie, rémission, guérison, cancer du sein, opération, ablation, guérison.

Quelle vie. Vingt années de maladie.

Élève infirmier, à deux mois du DE (le diplôme d'État sanctionnant les trente-neuf mois d'études), je me retrouve aux urgences, secteur « lit porte » un jour sur deux.

Un matin, j'arrive, je me change, la tête dans le pâté, grelottant un peu dans ma tenue, je m'assois aux trans (transmissions) et j'écoute parler la nana de nuit. Les six chambres entourent la table, quelques portes sont entrouvertes, tous les stores sont baissés mais chaque pièce n'est qu'à quelques pas, chaque patient devenant visible d'un geste de la main.

On me pose une question, je réponds, on me demande de préciser, je précise et, au moment où je termine, j'entends mon prénom. Pas « Ron », non, mon vrai prénom, dans un cri de souffrance, dans un appel d'air et de désespoir, dans un instant fou d'espérance.

Je m'interromps. Tourne la tête vers une chambre sur ma gauche.

Mon vrai prénom à nouveau. Je ne peux raconter cette histoire sans cette précision un peu stupide, sans ces deux syllabes scandées ainsi, sans cette gorge nouée d'angoisse qui appelait dans le noir.

Surpris, je me lève et, laissant les filles, je pousse la porte. Elvire, sur un coude, une main perfusée tendue vers le ciel, implore que je vienne. Des larmes coulent sur son visage émacié, sa chemise de nuit est trempée par la sueur, toute la petite pièce sent l'urine et la souffrance. Je cours en deux pas vers le lit.

— Putain Elvire mais qu'est-ce que tu fais là ?

— Oh mon petit mon petit mon petit.

Et elle me prend dans ses bras en fondant en sanglots. « Mon petit mon petit mon petit. » Elle n'arrive plus à parler mais elle me serre, elle me serre, je ne peux plus bouger et je sens l'émotion monter, moi aussi. Nous ne nous lâchons plus et je me retrouve à la bercer, à la consoler, à l'embrasser doucement sur la tempe.

— Ça va, ça va, ça va, je suis là, ça va, ça va, ça va... Mais qu'est-ce que tu fais ici ? Qu'est-ce que tu fais ici ? Tu as de la chance de me trouver, je suis en stage, je suis de passage, mais arrête de pleurer, arrête !

— Oh là là, je suis si contente, je suis si contente ! J'ai dressé l'oreille quand j'ai cru entendre ta voix, tout à l'heure, et je me suis dit que je rêvais, que je rêvais, que tu faisais tes études ici mais que ce n'était pas toi. Oh là là, ne me laisse pas toute seule, je t'en supplie, reste un peu.

— Je ne pars pas, Elvire, t'inquiète. Tu as été hospitalisée en urgence ?

— Oui, je saigne de l'utérus.

— Eh ben dis donc. Tu nous les auras tous faits, tous, tous les organes. Tu vas pas quand même te choper un cancer de partout, non ?

— Je ne fais pas exprès, je suis fatiguée, si tu savais...

— Tu pourrais écrire le Guide du Routard des Cancers à la Con tellement tu as de l'expérience hein maintenant. Telle chimio est une arnaque pour ce prix-là ! Ne manquez pas le curetage de l'anus après radiothérapie, un must pour la famille ! Asseyez-vous sur une bouée gonflable pendant des mois en priant pour ne pas péter, c'est un conseil Elvire édition été 98 !

Elle rit et elle pleure encore. Mais elle rit déjà un peu. Et je sens que ça va aller mieux. Je l'embrasse sur le front et je desserre un peu l'étreinte. Elle soupire mais se laisse faire. Je vois sa perfusion pleine de sang, remontant du poignet vers le coude. Je sais qu'il va falloir repiquer mais je décide d'ouvrir un peu les volets, d'abord. Le soleil entre timidement. La lumière l'éclaire et les détails me font encore plus mal. Elle a une mine atroce. Ses cernes sont immenses. Ses cheveux, gras. Elle est épuisée.

Je lui fais signe de m'attendre et j'annonce aux filles que je prends en charge la patiente de A à Z. Personne ne dit rien.

Je la rafraîchis un peu. Je la coiffe. Je la fais rire.

Elle est morte deux semaines avant les résultats de mon examen final. J'ai toujours regretté de ne pas avoir pu lui annoncer moi-même que j'étais devenu le bel infirmier qu'elle seule voyait en moi.

Je t'embrasse.

Lentement et sûrement

Entrée remarquée d'une jeune juriste, un peu vacillante, démarche en crabe, qui s'effondre dans le ficus de l'entrée puis essaye péniblement de se redresser.

Je saute du fauteuil et je l'aide à se relever ; elle n'a pas l'air ivre, ne sent pas l'alcool ; j'hésite un instant et je l'accompagne vers un des sièges.

— Ça ne va pas ?

— Non, pas très fort en ce moment...

— Vous voulez vous reposer un instant ? Ça ira mieux ensuite.

— J'en doute, j'ai une petite maladie dégénérative...

— Ah.

— Oui... Donnez-moi le sac vert, s'il vous plaît...

— Le sac vert ?

— Oui, votre collègue ne vous a rien dit ? J'ai un sac vert avec des affaires personnelles qui reste en permanence à l'infirmerie...

— Ah, OK, je vais voir, il ressemble à quoi ?

— À un gros sac de sport.

— OK.

Je trouve le sac, lui apporte, elle le prend et part dans la salle de repos. J'attends dix bonnes minutes et, ne la voyant pas revenir, je frappe à la porte :

— Madame ? Madame ?

— Oui... Je... je suis embêtée...

— Que se passe-t-il ? (J'entre dans la salle.)

— Je suis en train de me changer et je n'arrive pas à enfiler ma jupe.

— OK, je vous aide.

Je la tourne, elle tient péniblement debout, son corps est parcouru de soubresauts, de brusques clonies, elle est en sueur. J'arrive à remonter le zip de sa jupe et à la retourner pour la faire s'asseoir sur le lit. Je lui souris.

— Et bé dis donc, qué aventure !!! C'est souvent comme ça ?

— Depuis deux mois, c'est l'horreur, ça a empiré on dirait.

— Vraiment ? Comment ça se présente ?

— Oh ben je vais au réfectoire avec mes collègues et je tombe. Ou alors je travaille, je suis à l'ordi, et paf, je perds mes urines... comme ça... D'un coup. Et ma jambe ne veut plus me porter. C'est pour ça que je laisse un sac avec des vêtements à l'infirmerie pour me changer. Là on était en réunion et je me suis uriné dessus.

— Sympa.

— Oui... J'ai même plus la force de me reboutonner le chemisier.

— Je m'en occupe. Et à la maison, ça va ? Qui vous aide ?

— Personne, maman a la maladie d'Alzheimer, et j'ai de plus en plus de mal... Je suis seule, mon concubin a un peu fui devant tout ça l'année dernière... Un homme... Enfin bref...

— Tous les hommes ne sont pas lâches, vous savez.

— Hum hum. Allez, je file, ils sont toujours en réunion, là-haut !

— Vous pouvez prendre un peu de temps pour vous, aussi.

— Oh là là vous êtes gentil mais j'ai du boulot, moi.

Œuf au plat

Elle débute dans le métier, la chir', mais ça l'empêche pas d'être prétentieuse, nom de Dieu.

Il faut lui donner du madame ceci, madame cela, lui préparer son café, être au quart de seconde à ses côtés quand elle appelle et gérer sa nervosité, grandissante au fil des heures, pendant les opérations. Elle met un temps fou pour les cataractes, au moins le double des autres, et je dois mentir tout du long sur ses capacités réelles.

— Roooooon ?

— Oui madame ?

— C'est bien ainsi que fait Goudureau, n'est-ce pas ?

— Oui madame.

— Vous avez vu, Roooooon, j'y arrive avant la fin de l'heure, c'est din-gue, non ?

— Oh oui, madame.

L'autre, ma chérie, il en fait deux, des cataractes, en une heure, mais bon, je ne suis pas là pour compter les points.

Elle fait tomber les pinces, me demande plus de lumière, se trompe dans les implants, se gourre dans la taille des fils, j'en passe. Je comprends vite au fil des jours qu'elle n'est pas seulement débutante, non, elle est nulle.

Y a nuance.

Et de taille.

Un vendredi aprèm, un vendredi de malheur, nous nous retrouvons tous les deux dans le bloc, à gérer les urgences de fin de semaine... Des trucs glauques (un type debout sur une échelle, taille-haie en main, s'occupe de ses sapinettes, l'échelle s'enfonce dans la boue, le type chute sur le grillage, œil gauche empalé...) ou lassants (un prof de lycée technique qui se prend un bout de fer dans l'œil, éjecté par une scie, hop, un peu de blanc en moins, et t'avais qu'à porter tes lunettes de sécurité, crétin).

Arrive un jeune couple et leur fils de neuf ans.

Ils étaient chez eux, le gamin s'amusait dans sa chambre avec son frère, coup de coude du frère, le cutter dans l'œil, grosse entame sur le côté blanc du globe et un peu sur le milieu.

Par chance, ils habitent à deux pas de la clinique, le type y avait envoyé sa mère pour une cataracte, il s'en est souvenu.

D'instinct, je pressens qu'il faut appeler le docteur Farthouat, spécialiste des enfants, super chirurgien.

Je rentre dans la discussion :

— Docteur ? Euh... ne croyez-vous pas que nous devrions appeler...

Elle me coupe :

— Je ne vous ai pas sonné, Ron, je gère très bien toute seule, préparez le bloc.

Je retente un deuxième coup :

— C'est juste pour avoir son avis, on ne sait jamais.

Sans se retourner, elle continue à parler avec les parents.

Je ne dis plus rien, je file préparer les lieux pour l'opération.

Elle débarque cinq minutes après, surexcitée, complètement.

— Ah, un enfant, c'est bien, ça, je vais enfin avoir l'occasion de pouvoir travailler sur un enfant. J'aime beaucoup les enfants, vous saviez, Ron ?

— Vous avez l'habitude ?

— Non, mais je l'aurai, je veux avoir la même clientèle que Farthouat, uniquement des gosses. Ce sera bien plus intéressant que des cataractes à la chaîne.

Je ne dis rien.

Je savais déjà ce qui allait se passer.

Je le savais.

Elle commence son intervention.

Me fait éteindre la musique.

Puis la rallumer, mais doucement.

Changer le Scialytique de position, d'angle, d'intensité.

Demande à passer à gauche de la tête du môme, puis à droite.

Revient à gauche.

Redemande un autre set d'intervention stérile.

Elle ne se décide pas.

Puis...

Je n'oublierai jamais ce geste.

Elle incise l'œil.

L'image que j'ai en tête, c'est...

Vous voyez un bel œuf au plat ? Blanc, avec le jaune au milieu, posé sur une assiette ?

Imaginez un couteau bien pointu qui incise la surface du jaune, d'un coup maladroit, et regardez se déverser le jaune sur le blanc.

Comme une fuite.

Elle a fait pareil.

Elle s'est emmerdée à trouver une solution, s'est énervée de ne pas y arriver, a trifouillé je ne sais quoi, je ne sais comment et...

L'œil a « éclaté ».

Foutu.

Fini.

Elle me regarde, amère, et fermant les yeux me dit :

— Appellez Farthouat.

Farthouat monte des consultations.

Il rentre dans le bloc, me salue, puis devient grave en écoutant le récit de sa consœur.

Une colère blanche monte en lui. Il se tourne vers moi :

— Ron, tu sors, merci.

Je pars dans le couloir, je longe les box de la salle de réveil et je tombe sur les parents, dans l'office, qui boivent un café tiède en picorant les derniers Leonidas offerts par un labo en début de semaine.

La mère lève la tête.

— Ça se passe bien ? Alors ?

Je ne peux rien dire, je ne dois rien dire.

C'est un de ces moments dans ma vie d'infirmier où j'ai envie de gueuler, de pleurer, de tout balancer, de tout expliquer, d'être avec eux, pour eux, et de pleurer.

— Sûrement, sûrement.

— Je suis infirmière, moi aussi, vous pouvez tout me dire. (Elle sourit.) C'est votre nom, Pierre ?

— Non, c'est la blouse d'un collègue. Je suis Ron.

— Vous êtes adorables, ici, c'est vraiment sympa de nous recevoir comme ça, on se sent bien, moi je culpabilise à mort dans mon service, on n'a jamais le temps de recevoir les gens décemment en cas de souci.

Je décide de me lever.

— Je reviens.

Mensonge, Ron, mensonge, tu ne veux plus jamais voir ces gens en face.

Des éclats de voix me parviennent du bloc au fur et à mesure que je m'en rapproche :

— Mais enfin, t'as merdé à fond, tu es malade, tu aurais dû m'appeler, « je voulais faire seule », « je pensais que je pouvais faire seule », mais pour qui tu te prends, tu débarques depuis deux semaines et tu demandes pas notre aide, « je pensais que », eh bien va penser ailleurs, putain, « je vais voir les parents », sûrement pas, j'y vais, tu as assez merdé comme ça !

Le chir' sort du bloc et me frôle, livide, sans dire un mot.

Dans le bloc, pas un bruit.

Le bip-bip du scope égrène les pulsations cardiaques.

L'anesthésiste attend, son livre entre les mains, sur son tabouret.

La toubib est seule, les deux mains appuyées sur la petite table du fond.

Et un enfant dort paisiblement, un œil en moins.

Can't get my eyes off you

Elle s'appelait Marie-Claire, elle avait 43 ans, elle bossait aux impôts et c'était presque un légume.

Presque.

Un matin, avant de partir au collège, son grand frappe à la porte de la chambre, étonné de ne pas la voir dans la cuisine.

Il la trouve inerte sur le lit, les yeux au plafond, immobile, complètement, pas un souffle ou presque, quasi morte.

Attaque cérébrale, comme ils disent dans les films.

Tous les jours, les deux gamins venaient la voir à l'hôpital, le grand de quatorze ans et le petit de 9 ans.

Tous les jours, ils voyaient leur mère sur un lit, grognant des trucs incompréhensibles et remuant désespérément l'œil gauche, indiquant sur le tableau en face du lit les lettres de la seule et unique phrase qu'elle voulait/pouvait prononcer du fond de sa dernière parcelle d'humanité.

J'étais plus jeune, mais le désespoir de ces deux gosses me touchait. Ils avaient déjà perdu leur père cinq ans auparavant, de la même cause, et cette cruelle histoire à répétition ajoutait une touche de sordide, de glauque au malheur déjà intense de ces deux orphelins.

Le « beau-père » était là également, lui qui partageait leurs vies depuis un an à peine, il venait de faire des projets avec elle, ils allaient construire, lui était divorcé, à nouveau heureux, il venait de se retrouver une femme, une super belle nana sur les photos, en plus, et il pensait qu'ils avaient tous les deux une deuxième chance.

Eh ben non, mon vieux.

Quand je rentrais, au début, dans la chambre, je lui disais toujours bonjour en m'approchant, puis je lui demandais comment elle allait.

J'ai arrêté au bout d'un moment, tellement je connaissais sa réponse par cœur.

J'ai même cru qu'elle dégoupillait complètement et qu'elle ne savait plus « écrire » que ça.

Je lui ai demandé de me donner sa ville de naissance.

Œil sur le m, le o, le n... Montauban, et le prénom de sa mère, l-o-u-i-s-e.

Elle savait donc encore penser/réfléchir correctement.

Je lui ai donné mon prénom, qu'elle épelait avec difficulté, tellement ma lettre est loin dans l'alphabet.

Et toujours, toujours, elle me « disait » : « Ron, tue-moi, tue-moi, tue-moi, fais-le, tue-moi, s'il te plaît, tue-moi. »

Au début, je répondais avec humour, je dédramatisais :

— Voyons, Marie-Claire, vous ne pouvez pas dire ça, enfin, il reste toujours un espoir dans la vie, toujours.

Puis j'ai cherché des arguments plus affectifs :

— Voyons, Marie-Claire, vous ne pouvez pas dire ça, enfin, et vos deux enfants, hein, qui va s'en occuper ?

Et, à la fin, je m'énervais même des fois :

— Oh, Marie-Claire, s'il vous plaît, changez de phrase, je ne peux plus « entendre » ça, c'est insupportable, je sais ce que vous voulez, je ne PEUX PAS le faire, je ne PEUX PAS, arrêtez de me le répéter !

Et l'horreur indicible s'est glissée en moi, cette pute de culpabilité, cette pute de honte, ce putain d'égoïsme qui nous fait détourner le regard.

Oui, je l'ai fait.

Je rentrais dans la chambre en la saluant, le regard fixé sur la fenêtre ou la télé, je la changeais, pleine de pisse, je la nourrissais par sa pompe, je zappais la chaîne de la télé ou je vidais l'eau des fleurs mais...

Je ne la regardais plus.

Je ne voulais plus la voir.

Je ne POUVAIS plus la voir.

Ces yeux qui me suppliaient de la tuer, cette phrase incessante qui revenait lancinante comme un mantra morbide, ma peur grandissante d'être un jour à sa place, et cet été qui arrivait insidieusement, avec ses journées à rallonge, ses grillons le soir, et cette envie d'être au bord de l'eau, tranquille, à penser à tout sauf à la mort, sauf à SA mort.

J'avais honte, bien sûr, mais je ne pouvais pas.

La regarder était au-dessus de mon indignité.

Je sentais qu'elle écumait de rage, je savais qu'elle pleurait quand je quittais la chambre, de peur et d'énervement, d'angoisse et de cette folie montante, de cette situation tellement absurde, tellement drôle...

Ouais les mecs, regardez-moi, je suis en super forme de partout, mais je ne peux bouger que mon œil, ouais, c'est comme ça.

Et je veux crever, les mecs, ouais, je veux crever, mais personne n'a les couilles ni le droit de le faire pour moi, alors que moi, si je pouvais, je me la préparerais toute seule cette putain de seringue, et je me l'injecterais toute seule, et je ferais comme je le veux.

Je crèverai seule, mais dignement, et comme je l'ai choisi, comme je l'ai décidé, quand je l'ai décidé.

Tout le monde évitait le sujet, dans le service.

On attendait.

Quatre mois, on a attendu.

Un matin, va savoir comment, on l'a trouvée étouffée dans les draps, va comprendre, elle ne pouvait même pas bouger un doigt et elle était tournée dans son lit, la tête dans l'oreiller.

Est-ce qu'une aide-soignante de nuit a eu plus de cran ou d'humanité que nous ?

Est-ce que Dieu, Spiderman ou Mère Teresa était passé dans la nuit ?

Un effort surhumain de sa part ?

Elle était enfin morte.

J'ai pu souffler.

Je n'avais plus à affronter son regard.

Les deux gamins ont été placés en famille d'accueil de la DDASS, le beau-père n'ayant aucun droit sur eux... Lui qui avait assuré comme seul un homme aimant véritablement pouvait le faire, venant deux fois par jour à l'hosto pendant des mois, et Dieu sait ce que je pense des hommes face à la maladie de leur femme, une généralité à deux balles à laquelle je crois dur comme fer mais que je n'écrirai pas tellement j'en ai honte, eh ben le type, on lui a dit merci, mais c'est l'État français qui gère, désormais.

Un jour sans fin

Je la trouve généralement par terre, près de la table de nuit, madame Simonet.

Elle y dort en fin de nuit, quand elle est revenue, dans le noir, de la salle de bains, qu'elle ne sait plus où elle se trouve, qu'elle ne sait plus ce qu'est un lit, quand elle oublie même qu'on doit dormir dans l'obscurité et vivre dans la lumière.

Elle a un super souci, cette brave dame, elle a l'Alzheimer.

C'est une maladie vraiment conne, qui est comme le Canada Dry.

Tu as l'air d'être en pleine forme, tu parles comme si tu étais en pleine forme, tu marches partout, et tu peux même te promener dans la rue sans que personne ne s'en rende compte, mais c'est un leurre.

À l'intérieur, c'est du gruyère, c'est du brouillard, c'est du vent dans de la solitude, avec une odeur de souffrance.

Elle est à la fois là et pas là, madame Simonet, humaine et inhumaine.

Souffrance de la voyageuse sans carte, sans passeport, sans billet de retour, sans hôtel pour la nuit.

Oh, bien sûr, si je lui pose des questions simples, la partie non touchée de son cerveau va me répondre par automatisme, de façon presque cohérente. Un esprit peu attentif ou peu curieux n'y voit même rien d'anormal.

Exemple :
— Bonjour madame Simonet !
— Bonjour !!!
— Comment ça va, aujourd'hui ?
— Mais très bien, et vous ?
— Très bien. Vous avez bien dormi ?
— Oui, plus ou moins. Vous savez ce que c'est, à mon âge.
— Justement, quel âge avez-vous ?
(Rire faussement gêné.)
— Ça ne se demande pas, voyons.
— En gros, dites-moi...
— Je suis née en 1929.
(Notez bien qu'elle ne me donne pas son âge mais son année de naissance, soit, parlons de coquetterie à ce stade de la conversation.)
— Merci ! Savez-vous qui est le président de la République ?
— Pardi ! Bien sûr que je le sais !
— Qui est-ce ?
— Euh... ben, l'autre, là, le grand... euh... euh...
(Ne pas la mettre en échec, échec = angoisse.)
— Et quel jour sommes-nous ?
(En sachant que si je vous demande la date d'aujourd'hui, vous serez peut-être foutrement incapable de me la donner, comme moi, sans regarder votre montre ou l'agenda. Mais, lorsque je pose cette question, une énorme éphéméride est située à vingt centimètres d'elle...)
— Euh... samedi ?
— Oui (on est mardi), et en quelle année ?
— Oh vous m'embêtez avec toutes vos questions !!! On est en 1989, voilà.

Je lui montre le calendrier.
— Nous sommes le mardi 19 mars 2002.
— Ah, voilà, c'est bien. Où est mon mari ? À quelle heure passe-t-il me chercher ?
— Il est décédé, madame Simonet.

Elle me regarde, interdite.
— Mon Dieu, mais c'est affreux ! Quand ça ?
— Il y a deux ans.
— Vous êtes sûr ?
— Oui.
— Et j'attends quoi, là, alors ?
— Vous êtes ici pour vous reposer, on viendra vous apporter le petit déjeuner tout à l'heure.
— D'accord.
— Pouvez-vous vous lever pour vous asseoir sur le fauteuil ? Je n'aime pas vous savoir par terre et oh...

Ses mains sont pleines de merde sèche.
— Vous avez fait quoi ?
— Rien.
— Venez avec moi, on va les laver.

Nous partons à la salle de bains et, pendant que je cherche du savon, elle s'agenouille devant les toilettes et trempe ses mains dans la cuvette, en les frottant.
Je bondis.
— Hou là là là, mais non, pas ici, madame Simonet, ça ce sont les toilettes, regardez, le lavabo est là.
— Ah oui, bien sûr.

Elle se tourne vers le lavabo et met les mains sous le robinet.
Rien ne sort.
— Il faut tourner le robinet, comme ça, pour avoir un peu d'eau.
— Ah oui, bien sûr.
Mon bip sonne, une urgence, je lui file un savon dans les mains, ça va l'occuper quelques minutes, et je cours à quelques chambres de là. Trop tard, encore une victime de la grippe.

Le temps de discuter avec l'aide-soignante, qui me demande de prévenir la famille, d'ôter la perfusion de la morte et de revenir le portable à la main dans le couloir, j'aperçois madame Simonet, en chemise de nuit, qui attend devant l'ascenseur.

— Madame Simonet ?

— Ouiiiii ?

Elle se tourne vers moi, un sourire radieux aux lèvres.

— Vous avez fini de vous laver les mains ?

— Oui, je cherche mon mari pour rentrer chez moi, vous ne savez pas où il est ? Il doit sûrement m'attendre quelque part.

— Je ne pense pas, il est l'heure de déjeuner, regardez, les filles arrivent avec les plateaux.

— Ah bon.

Je l'assois dans le fauteuil, lui passe une robe de chambre.

— À quelle heure arrive mon mari ?

— Il est décédé, madame Simonet.

Elle me regarde, surprise comme à chaque fois que je lui annonce.

Et je lui annonce peut-être trente fois par tranche de douze heures travaillées.

Ça me fendait le cœur au début, je pensais m'y faire, mais non, impossible, ça me fend encore le cœur de la voir pleurer, par ma faute, un mari décédé il y a plus de deux ans.

Elle apprend sans arrêt sa mort et le pleure comme si c'était la première fois.

C'est son karma à elle, son enfer quotidien, sa vie depuis huit mois à la maison de retraite des Deux Cloches.

Gratgratgratgrat

Le type, quarante-cinq ans, sautille dans l'entrée, un peu « nerveux du cul », la bouche serrée.

Il grommelle :

— Quelle conne, putain quelle conne !

Je m'approche.

— Monsieur ? Je peux vous aider ?

— Ouais, je ne sais pas, c'est ma secrétaire, oh quelle conne, elle je vais te la virer, elle...

— Que se passe-t-il ?

— Cette manie avec ses lingettes, elle en met partout, des lingettes pour l'écran du PC, des lingettes pour nettoyer le lavabo, des lingettes intimes pour le... la...

— Pour l'hygiène intime aux toilettes ?

— Oui, voilà, j'ai voulu essayer pour voir, je suis allé chier, j'ai voulu voir avec la lingette intime, putain, quelle connerie, j'ai le feu au cul.

— C'est-à-dire ?

— Ben j'ai confondu, voilà, je me suis essuyé avec la lingette Monsieur Propre pour nettoyer le lavabo, et j'ai nettoyé le lavabo avec les lingettes du cul, et ça me brûle, putain que ça me brûle !

— Ah.

— Y a rien à faire ? Faites quelque chose !!!

— Écoutez, à part vous oindre l'anus avec un produit gras, je ne vois pas ! C'est un peu inhabituel, monsieur, voyez-vous...

— Mais ça me démange, j'ai réunion du CHSCT, je ne peux pas passer trois heures à me gratter l'cul, enfin, je suis le chef du département Finance, je ne vais pas me laisser foutre en l'air par les conneries de lingettes de cette conne... Qu'est-ce que je peux faire, merde ?

L'élève infirmière, prudemment :

— Un bain de siège ?

Le type éructe :

— C'EST QUI CETTE CONNE ??? JE SUIS LE CHEF DU DÉPARTEMENT FINANCE, JE ME LAVE PAS LE CUL À 14 HEURES MERDE !

L'enfer chez les autres

Je sonne.

Une jeune Africaine entrouvre la porte, suspicieuse.

— Bonjour, je suis l'infirmier, je viens pour les soins.

— Pour les soins de quoi ?

— Les soins de Fatou, votre sœur...

— C'est ma fille, elle n'a pas de soins.

— Elle n'a pas un pansement à refaire ?

— Si.

— Ah. Et alors ? Qui le refait ?

— L'infirmière.

— C'est moi, madame, l'infirmière.

— Non, c'est une femme.

— Je sais, mais elle est en vacances et je la remplace, regardez, j'ai la mallette des soins.

— Attendez, attendez.

Elle claque la porte et j'entends un long conciliabule derrière pendant une grosse minute.

Puis plus rien.

J'attends.

Deux minutes passent.

Rien.

Je toque à la porte :

— Ohé ! Ohé ! Je ne vais pas partir, vous savez, je viens de faire la route, vous êtes la dernière patiente de la journée, alors j'ai tout mon temps.

Je vous signale que vous avez une prise en charge par la Sécu mais, si je ne signe pas le papier, on vous rembourse plus, hein.

Silence de mort.

Puis conciliabule à nouveau.

J'entends une femme qui gémit, au fond de l'appartement.

Je commence à me demander dans quoi je fous les pieds, moi.

La porte s'ouvre enfin et un type me regarde, une bougie à la main.

Je le dévisage, hésitant, pareil je vais me faire égorger et personne n'en saura jamais rien.

Pareil, je vais à nouveau devoir me taper des soins à la bougie, comme la fois mémorable avec la vieille actrice, dans le XVIe.

— Viné, viné, souivié-moi, viné avec moi.

— Euh, d'accord.

On traverse un appartement dans lequel je devine des corps entassés de dormeurs, çà et là, peut-être une vingtaine de personnes dans ce quatre pièces de La Courneuve. Ça sent un peu la sueur des gens qui sont au lit, il y a des bouts de moteurs de voitures posés dans la cuisine, des ballots de vieux vêtements sont jetés un peu partout, c'est vraiment l'aventure, je me sens totalement Philippe de Dieuleveult qui descend le fleuve Zaïre en Zodiac.

Devant la porte de la chambre, le type me donne la bougie et me fait signe d'appuyer fortement sur la poignée, ce que je fais, avec difficulté, le linge de l'autre côté gênant l'ouverture.

Un peu terrorisé, je m'attends à rencontrer, au choix :

— la reine mère des Aliens, qui va baver de l'acide en ouvrant délicatement sa gueule pleine de crocs translucides et qui va se jeter sur moi pour me pondre un œuf dans le ventre.

Ou

— une entrée secrète d'une salle de réunions vaudou.

Ou

— une centaine de tontons macoutes armés de machettes et qui n'ont pas mangé de Blancs depuis des semaines.

La réalité est tout aussi dérangeante pour mon petit esprit étriqué de néobobo jamais sorti de son trou ou presque.

Trois lits.

Dans chaque lit, deux personnes, au moins. Des vieilles.

Et dans le premier, près de la porte, une très jeune femme, enceinte, avec deux bébés dans chaque bras, qui me montre un maigre biceps à peine dévêtu sur lequel trône un gros pansement taché. Elle tend la main pour que je lui donne la bougie. Je m'exécute.

En fouinant pour trouver le matériel à pansement, je lui demande pourquoi on ne peut pas ouvrir les volets de la chambre.

Elle me regarde comme si j'étais demeuré :

— Les briques ! Les briques ! Y a les briques !

— Ah. (Je fais le mec qui a compris.) Et vous n'avez pas demandé à EDF pour avoir l'électricité ? Ils vous l'ont coupée ? Vous n'avez pas de sous ?

— Pas l'électricité, non, pas l'électricité.

— OK.

Je refais le pansement, je nettoie et je noue mon sac-poubelle.

Au moment où je commence à ranger mon matériel, une femme gigantesque et très mince pousse la porte et me demande si j'ai fini. Je réponds oui et elle m'accompagne fermement à la sortie. Je n'ai pas le temps de me retourner pour lui dire que je repasse vendredi qu'elle a déjà claqué la porte presque sur mon nez.

Quelle ambiance !

Je sors, je regarde un peu mieux le rez-de-chaussée de cet immeuble glauquissime et je vois pour la première fois les briques roses qui bouchent les fenêtres... Tout le côté jardin est fermé, seule la porte centrale de l'immeuble reste ouverte. C'est bizarre, les étages ont l'air habités. Un squat ?

J'ai le fin mot de l'histoire un peu plus tard en mangeant le midi avec Thérèse, ma collègue : l'immeuble doit être démoli avant la fin du mois, il n'y a plus ni eau ni électricité depuis la fin mai, et Thérèse se demande où on va les retrouver dans quinze jours. Elle y allait depuis deux ans pour le grand-père diabétique qui vient de mourir, c'est une famille d'Africains sans histoires, le père a un CDI de maçon, le fils est intérimaire et travaille également dans le bâtiment, mais ils ont fait venir toute la famille et ils habitent à vingt et quelques dans quatre pièces.

Je me pince pour y croire, je touche du doigt une certaine réalité de mon pays, de ma société, que je n'avais jamais vécue, je peux enfin mieux comprendre certains passages du JT ou des émissions de reportages, je n'y croyais pas vraiment avant de le vivre, mais oui, ça existe.

J'étais à moins deux cents euros de découvert autorisé sur mon compte ce jour-là et ça n'était, finalement, pas si grave.

Monsieur Wenger

Une maison de retraite semblable à toutes les autres.

Alsace.

Je rentre dans la chambre, mon traditionnel quignon de pain à la main.

Monsieur Wenger me regarde. Il a l'œil triste, comme d'habitude.

Il rédige ses Mémoires sur des carnets gris, allongés et minces, de sa fine écriture. Une fois le carnet terminé, il le range au-dessus de son lit, avec des dizaines d'autres carnets que personne ne lira.

Il reste à sa table de travail du matin au soir et rechigne à descendre déjeuner avec les autres pensionnaires dans la salle à manger commune.

Un jour que je prenais sa défense, la surveillante me coupa la parole :

— De toute façon, ici, c'est la règle, les valides mangent tous ensemble le midi.

— Pourquoi ?

— Comment ça, pourquoi ? C'est comme ça, point.

— Mais au nom de quoi ?

— Vous n'avez pas à discuter les règles.

— Si. Si elles sont stupides, c'est un devoir. Pourquoi les gens doivent-ils descendre manger en groupe quand ils ne le souhaitent pas ?

— Vous n'avez jamais été interne, mon pauvre Ron. Vous ne savez pas le plaisir de vivre en collectivité. Piètre infirmier que vous faites, à travailler pour le bien-être du groupe tout en prêchant l'individualisme.

— Vous ne savez pas de quoi vous parlez. J'ai été interne chez les pères pendant trois ans. Et comparer un repas en groupe pour un adulte à un repas dans une cantine pour un gamin interne est une connerie monstre. Au nom de quoi oblige-t-on des adultes qui n'ont rien en commun à manger à la même table ? Ils ne se connaissent pas, parfois ne s'aiment pas, sont cruels entre eux, ont vécu des rivalités politiques ou professionnelles et nous...

— Taisez-vous ! Vous l'obligerez demain à descendre manger, sinon il n'aura pas de repas.

— J'aimerais voir ça, madame.

Sa tête.

Vous auriez dû voir sa tête quand je prononçai ces mots.

Une haine farouche et inextinguible à mon encontre la maintient droite.

Depuis mon embauche, qu'elle n'a pas validée (elle était en repos), elle a décidé chaque jour de me prouver que je ne suis pas à ma place dans cette maison. Publiquement, elle critique chacun de mes faits et gestes. Sur un mode confidentiel, elle glisse des « fielleries » terribles aux aides-soignantes qui viennent régulièrement me les répéter.

Et aujourd'hui, au staff, dans le cadre de l'accréditation, nous abordons le sujet des repas en chambre et je ne peux en placer une.

Ordre m'est donné de faire descendre monsieur Wenger au réfectoire.

Je le salue :

— Coucou !

— Bonjour, jeune homme.

— Vous allez bien ?

— Oui et vous ?

— Ça va, ça va.

Il me considère, le sourcil grave et infléchi.

— Vous m'avez l'air plutôt soucieux, jeune homme.

— Oui.

— Allez-y, dites-moi ce que vous avez sur le cœur.

— Je... je... je dois vous obliger à descendre manger, mais je ne peux pas m'y résoudre. Je trouve ça injuste, je ne suis pas d'accord. Et si je ne le fais pas, vous n'aurez rien à manger, ce que je réprouve encore plus.

— Je ne descendrai pas.

— Je sais.

— Il est à la table d'à côté.

— Je sais, monsieur Wenger.

— Hors de question de manger avec une ordure.

— Je sais, je comprends.

— Non, je ne crois pas que vous compreniez bien. Cet homme, là, nous a envoyés moi et mon frère dix-neuf mois au Struthof, et je suis revenu seul. Seul.

— Vous m'aviez juste dit que...

— À votre âge, on ne comprend pas tout, et les détails ne sont plus qu'histoire, livre d'histoire et documentaires. Je vais dans les collèges, vous savez. Je vois bien comment ça se passe. Soit. Puisque c'est comme ça, je resterai sans manger en chambre. Cet homme m'a brisé une fois, il n'aura pas la joie de me saluer chaque midi comme si de rien n'était. Je vais jeûner, ce n'est pas si grave, de jeûner, j'ai mangé un bout de pain dur comme celui-là (il montre mon quignon) et un bol de soupe claire pendant deux hivers.

Une idée me vient.
— Une seconde, je reviens.

Je descends au sous-sol, passe discrètement la porte de la réserve et tombe sur Pierrick, le cuisinier, en train de préparer ses desserts.
— Mais v'là mon ami Ron, tu vas bien p'tit infirmier ?
— Euh, non, j'ai un souci.
— Dis-moi tout.
— Mais ça doit rester secret. Vraiment.
— Pourquoi ?
— Si la surveillante le sait...
— Hou là, tout ce qui peut faire chier la grosse, moi je suis partant !

(Je le savais, il n'accepte pas plus que moi les diktats de l'autre hystéro, et encore moins de lui servir à table des menus personnalisés dont elle n'est jamais contente.)
— Tu pourrais me faire un panier-repas, discrétos, pour monsieur Wenger ?
— Hum, laisse-moi réfléchir, ça va être frugal, j'ai du pain, du fromage, des fruits, un peu d'omelette froide, du jambon, du riz au lait d'hier, de la salade niçoise, mais c'est tout.
— Mort de rire, Pierrick, attends, y a de quoi faire bouffer un régiment, là !
— Tu m'excuseras auprès de monsieur Wenger, mais je n'ai que ça dans l'immédiat.
— OK, prépare, je vais chercher ce qu'il faut de mon côté.

Je passe à pas de loup devant le bureau de la surveillante, qui me voit et me hèle :

— Alors il est descendu ?

— Non, il veut rester en chambre.

— Très bien, ça lui fera la leçon de ne pas manger ce midi, à cet emmerdeur. Je vous parie que, demain, il descendra sans faire d'histoires, et vous me remercierez, un jour, de vous avoir expliqué ce qu'il convient de faire pour le bien-être de la communauté.

— Tout à fait, madame !

Même pas étonnée par mon manque de combativité, elle replonge dans sa lecture de *Gala*.

Je file à la réserve, avise un carton de couches, défais le Scotch, vide les vingt du dessus et repasse l'air de rien avec vers l'ascenseur.

Elle me hèle à nouveau :

— Y a plus de couches, déjà ?

— Non, non.

— Dites aux filles de ne pas faire les changes, ou de débrancher les sonnettes des « pisseuses » pour la journée, on entame déjà le quota de la semaine prochaine.

— OK, ce sera fait.

En arrivant à la cuisine, je remplis le carton de nourriture, Pierrick en a mis une tonne et a même rempli une gourde de rouge. On rigole comme des ânes.

— Te fais pas choper, James Bond !

— T'inquiète.

Je prends l'ascenseur avec une aide-soignante, Suzanne, une fouine à la solde de la grosse, qui me regarde fielleusement.

— Alors, le père Wenger est au régime ? Ça va le calmer, ce pauvre con.
— Tout à fait, Suzanne, tout à fait.

Elle renifle.
— Ça sent le brie de Meaux, non ?
— Non, je ne trouve pas.
— Si, si, ton carton de couches pue la bouffe.
— Ah ?

Je sors à l'étage, je file vers la chambre, je pousse la porte du pied et je laisse tomber l'énorme carton par terre, je n'en peux plus.
— Putain, il pèse un âne mort, pardon.
— Qu'est-ce que vous faites, Ron ?
Je lui montre du doigt et je fais un « TADADAM » retentissant.
Puis, avec une mine de comploteur, je surveille la porte pendant que je déballe le carton et pose la nourriture sur la table.
Sa réaction me désarçonne complètement.
Il fond en sanglots, comme un enfant.
Ce monsieur a plus de 80 ans et il pleure, il pleure, sans pouvoir s'arrêter, me repoussant quand je m'approche.
J'ai peur d'avoir fait une bêtise, d'avoir mal agi, je ne comprends plus rien, peut-être que je le mets en indélicatesse en agissant ainsi, peut-être que mon idée n'est pas si bonne, finalement.
Cinq bonnes minutes après, il se calme.
Et, entre deux reniflements, me regarde, puis m'explique :
— La dernière fois qu'on est venu m'apporter à manger en cachette, c'était mon frère, dans le camp, en 1944. Je suis désolé, c'est plus fort que moi, mais vous avez ravivé cette image que j'avais occultée pendant soixante ans.

— Oh, monsieur Wenger, mais c'est moi qui suis désolé, je me sens affreusement mal, pardon, je ne voulais pas faire quoi que ce soit... J'ai fait une bêtise, pardon.

— Non, Ron, non. Vous avez fait le bon geste. Vous avez choisi votre camp. Je suis un vieil homme sensible, c'est tout. Je suis très fier de vous.

— Hein ? Pourquoi ? Parce que je fais des gamineries pour vous faire manger ?

— Ce que vous appelez une gaminerie, je l'appelle un acte de résistance. Tout le monde n'a pas le cran de le faire.

J'étais fier, putain, j'étais fier, en sortant de la chambre. Ce n'est pas tous les jours qu'on vous dit que vous avez choisi le bon chemin. Mon époque est tiède, nos choix sont insipides. Je valais donc quelque chose. Cela faisait des mois que je l'avais oublié.

L'infirmier des stars casse la petite étoile

Il y a à peine un mois, j'étais encore en poste au siège social d'un grand constructeur automobile, options tableaux de maîtres et marbre partout, grands espaces lumineux et jeunes cadres dynamiques stressés.

Je passais chaque matin devant des toiles de Léger accrochées un peu partout dans les couloirs, émerveillé, je regardais les anciens véhicules exposés çà et là, rutilants, et j'étais comme un gosse quand... ils ont installé la formule 1 du groupe, dans l'entrée, derrière les hôtesses d'accueil, toute belle, toute neuve, avant que ne commence une nouvelle saison (?), sûrement, je ne sais pas, j'y connais rien.

Je voulais trop rentrer dedans.

Au moins une fois.

Juste une.

Tous les matins, une fois la foule des jeunes cadres dynamiques entrée dans ses bureaux, je descendais dans le hall taper le bout de gras avec Sonia, l'hôtesse d'accueil petit tailleur bleu marine, et on se buvait des cafés peinard en refaisant le monde et en parlant pages people.

Je lui demande régulièrement si je peux entrer dans le cockpit :

— Ohsilteplésilteplésilteplé !

Et régulièrement elle me dit :

— Non, personne n'a le droit de s'approcher, n'insiste pas !... Pis de toute façon c'est super cintré, faut être fin et souple pour rentrer là-dedans !

— T'insinues quoi, morue ?

— Que t'es un peu maladroit et pas assez rapide pour le faire discrètement.

Je boude.

J'attends de voir l'effet produit.

Gagné, je sens l'adversaire déstabilisée.

J'en remets une couche.

Je compte jusqu'à trente.

Je me lève en disant du bout des lèvres « à demain, peut-être » et... Je sais qu'elle va se bouger. C'est forcé, les filles, des fois, c'est basique.

Un vendredi, elle m'appelle au téléphone à l'infirmerie et m'annonce en chuchotant la grande nouvelle :

— Ron, ils sont tous partis à l'annonce du résultat de l'année 2005, l'entrée est vide, y a plus un chat, viens, descends, tu pourras monter rapidos dans la formule 1, mais rapidos, hein !

— Yes yes yes !

Je descends les marches quatre à quatre et je finis les derniers mètres par un petit plaisir puéril, une longue glissade contrôlée sur le marbre noir...

— Alors ? Où est-elle, cette vilaine voiture ?

— Tu le sais, gros couillon.

— Oui, oui, oui, je le sais.

Je la vois, magnifique, bleue, avec des pneus luisants. (Saviez-vous, peut-être que oui, pas moi en tout cas, que les pneus des formules 1 sont « pleins » et non gonflés ? Ils sont en gomme, d'un seul tenant, d'un seul corps de caoutchouc et s'usent donc en s'élimant, sans chambre à air derrière. Dingue !) Et ses petits autocollants de sponsors un peu partout. Elle est belle comme un objet neuf dans son emballage, mais un objet pour lequel on a économisé longtemps, un objet qu'on va essayer de ne pas rayer, au début du moins.

Sonia jette un coup d'œil rapide aux alentours.

— Tu fais vite hein ? Et tu fais attention !

Je prends l'air outré.

— M'enfin, Sonia, que veux-tu que je lui fasse à cette voiture, enfin, que veux-tu qu'il m'arrive ?

Elle me prend pour une truffe, l'autre.

Je regarde la bête, incline la tête, me demande comment on fait pour entrer dedans, décide d'appuyer ma main sur la carrosserie et de jeter mes jambes en l'air pour atterrir souplement dans le cockpit. Pour rentrer dans une formule 1, il faut faire comme dans une baignoire de quarante centimètres de large, c'est un peu du sport.

Ouais, *nice and easy*.

Et craaaaaaac.

Fait la petite manette en fer située sur le tableau de bord en haut à droite au moment où mon godillot noir l'arrache à moitié.

Je déglutis.

Même pas j'ai réussi à entrer dedans que j'ai déjà cassé un truc.

Sonia tourne la tête, de son entrée, vers moi.

— C'est quoi ce bruit ?

— Rien, rien !

— Ooooooooh t'as cassé un truc ?

— Non, rien, je te dis, rien.

— Sors, sors immédiatement, sors !

Je maugrée, je sors péniblement mes jambes du cockpit effectivement très étroit et je repars, digne comme Louis XIV au sortir de la selle, vers elle.

Elle me dévisage, suspicieuse. (Quel culot !)

— Tu as cassé QUOI Ron ?

— Rien.

— Je te préviens, on va me tomber dessus.

— MAIS NON EUH... on dira que c'est arrivé pendant la nuit ou le transport !

Elle déglutit un peu. Blêmit :

— Fous le camp dans ton infirmerie.

Je repars d'un pas contrôlé, sentant son regard furibard sur ma nuque et stupéfait du peu de résistance de ces pièces, sûrement importées sur ce modèle sûrement d'exposition qui n'a sûrement rien à voir avec la vraie coupe du monde, sûrement.

Oh oui, sûrement.

Quelques jours après, je fais le bilan sanguin d'un type assez connu dans son milieu et qui se tâte la bille en matière de voitures rapides sur circuit, un responsable de la boîte, un mec adorable qu'on suit régulièrement pour des problèmes d'hypertension (en gros, une star pour ceux qui lisent *Auto Plus*, mais juste un petit quinqua bedonnant de plus pour moi).

On parle, je lui fais part de ma naïveté et de mon étonnement devant le prix des billets en tribune officielle. Alors qu'on la voit mieux à la télé, la course, tranquille, et gratuitement. Ça me dépasse. En tout cas, la voiture en bas dans l'entrée est magnifique. Sublime.

Il rigole.

— Elle peut, vu son prix, c'est de la recherche, de la recherche et de la sueur. On a bossé, mon gars. Elle nous a coûté le double de celle d'avant... Ils passent la chercher demain, d'ailleurs, je viendrai me faire prendre la tension plus tôt, si ça ne pose pas de problème.

— Ah ? Ils passent la chercher ? C'est une vraie ?

— Mais bien sûr, enfin, elle s'en va courir dans deux semaines en Australie, c'est la voiture de Mercato.

— La vraie ?

— Mais oui, la vraie !

— Ah, mais dans l'entrée, comme ça, je pensais à un modèle d'expo...

— Non, non, d'ailleurs on aurait aimé, on en a eu pour 11 000 euros sur une pièce cassée. Je pense que les petits cons de la pub ont dû se faire un plaisir, vendredi soir. Les vigiles n'ont rien vu. Ils nous font chier ceux-là à la pub, le nez dans la poudre et toujours à demander des passes VIP alors qu'on n'en a même pas pour les cadres qui bossent... Ils ont déjà abîmé un vieux modèle d'époque pendant le break des vacances de Noël, ces petits merdeux.

— Ah bon ?... (Silence, je digère la nouvelle en faisant mine de rien, mais mes testicules ont perdu 65 % de leur taille initiale.) 11 000 euros, c'est une somme !

— Non, pas vraiment, vu le budget à l'année.

— Ah, ouf.

— Mais c'est fatigant, vous vous rendez compte, même ici dans la maison mère, « ils » cassent tout. Quelle génération !

— Oh là là là, oui, hein.

11 000 euros, *JODER* !!!

(Cinq mois de salaire, tout de même, ou presque.)

(Ouais, bon, elle l'a quand même gagnée, sa course, hein.)

(Je lui ai peut-être porté chance, moi, à cette voiture, ouais, peut-être que la pièce elle était trop lourde à la base... ouais.)

(Qui sait, sans le vouloir, j'ai peut-être donné un coup de patte personnel qui va révolutionner le monde de la Formule 1, et ce à jamais !)

Je savais que j'aurais dû faire ingénieur.

Sacerdoce

Le type en face de moi est un concentré de connerie pure.

Il n'écoute rien. RIEN. Il parle, il parle, il parle, précède mes mouvements, se lève pour regarder ce que j'écris sur lui dans l'ordinateur, joue avec mon stylo, se ventile avec mon carnet de rendez-vous, me pose trois fois la même question.

Je lui demande si son nom est bien Berthier. Il lève un doigt et récite :

— Oui, BERTHIER, B comme Bernard, E comme Émile, R comme Raoul, T comme Thérèse, H comme Henri, I comme Irène, E comme Émile et R comme Raoul.

Je le regarde, saisi.

— Euh, OK, merci. Et le prénom, c'est Michel, hein ? (Je tape sur l'ordi.)

Il reprend :

— Oui, Michel, M comme Mathieu, I comme Icare, C comme Chloé...

— Oooooooooh là là là, je vous arrête, je sais écrire Michel ! (J'essaie de sourire.)

— H comme Henri, E comme Émile, L comme Louis. Michel.

— Hum, j'avais bien compris.

Cinq minutes plus tard.

Le téléphone sonne. Il décroche :

— Oui, c'est qui ? Non, vous êtes chez monsieur Berthier ! BERTHIER ! B comme Bernard, E comme Émile, R comme Raoul, T comme Thérèse, H comme Henri, I comme Irène, E comme Émile et R comme Raoul ! Ah, c'est une erreur ? Qui demandez-vous ? Dans quelle ville ? Au Plessis ? Ah, non, je ne le connais pas. Vous devriez appeler les renseignements, madame, c'est toujours ce que je conseille. Il faut faire le numéro des renseignements. Attendez, je vous le donne. (Il appelle sa femme qui met une plombe à venir dans la chambre, lui demande l'annuaire, qu'elle met une deuxième plombe à apporter.) Allô ? Madame ?

Il me regarde.

— C'est inouï, elle a raccroché.

— Oui, les gens sont impolis de nos jours, hein.

Je me mords la langue pour ne pas exploser.

Il se lève, renversant ma compresse posée depuis deux minutes sur sa jambe. Je deviens livide :

— MAIS VOUS FAITES QUOI ? Je n'ai pas fini, enfin, monsieur Berthier !

— Oh pardon, je ne regardais pas.

Je respire, je respire, je respire.

À la fin, je pars vers l'ascenseur. Il me colle :

— M'sieur Ron, vous repartez par où ?

— Par l'autoroute.

— Ah ? C'est très simple, c'est la première à droite en sortant puis la seconde...

Je le coupe :

— Arrêtez, ce n'est pas la peine, je ne visualise pas, les indications comme ça, ça ne sert à rien. La droite, la gauche, ça ne veut rien dire pour moi.

— ... puis vous allez arriver à un feu et vous tournerez devant le Franprix en direction du centre-ville...

— Monsieur Berthier ? Monsieur Berthier ? Vous m'écoutez ? Ça ne sert à rien ! Je ne comprends pas ce que vous me dites !

— Surtout, dans le centre-ville, suivez bien le panneau « Autoroute » pour arriver à l'autoroute. Et après, c'est tout droit...

L'ascenseur arrive enfin au huitième étage. Je saute dedans. Je lui souhaite un bon après-midi. J'appuie sur le bouton RDC. La porte se ferme.

Et se rouvre instantanément. Berthier a mis son pied et passe la tête :

— Monsieur Ron, monsieur Ron, si vous voulez, je vous suis en voiture et je vous montre la route.

— Non, merci. Je suis pressé.

— Allez, on vient. Mimine, viens, on accompagne monsieur Ron, ça te fera la balade ! Mimine...

Soudain la voisine de palier, en face, ouvre sa porte, nous regarde et prend la parole timidement. Une jeune Asiatique.

— Vous sortez ville, vous, montsieur Verdié ?

— Oui, on sort, vous voulez quelque chose ?

— Oui, te peux venir vous montsieur Verdié ?

— On vous attend, mais je vous l'ai déjà dit plein de fois, c'est Berthier ! BERTHIER ! B comme Bernard, E comme Émile, R comme Raoul, T comme Thérèse, H comme Henri, I comme Irène, E comme Émile et R comme Raoul !

Soudain ça y est.

Je ne peux plus.

JE NE PEUX PLUS.

Je pousse un cri qui doit me faire passer pour un malade, un grand « AAAAAAH », je le repousse fermement de devant la cabine et je me rue vers l'escalier :

— Je suis claustro, je suis claustro, je dois y aller, à la prochaine !

— Monsieur Ron !!! Monsieur Ron !!! On vous retrouve en bas !!!

Je dévale les huit étages, je dois arriver à la voiture avant lui, je dois foutre le camp de ce cauchemar, je vais l'étrangler avec une corde de piano sinon. Sur le parking, je cours jusqu'à la voiture, je jette l'ordi dans le coffre et je démarre en trombe en direction de l'avenue.

Le cauchemar est fini.

En arrivant au bureau, une heure après, message sur le répondeur.

« Message reçu aujourd'hui à 16 h 48 : “Bonjour, c'est un message pour monsieur Ron, monsieur Ron, c'est monsieur Berthier, BERTHIER ! B comme Bernard, E comme Émile, R comme Raoul, T comme Thérèse, H comme Henri, I comme Irène, E comme Émile et R comme Raoul ! Vous êtes parti tellement si vite que vous avez oublié vos belles lunettes de soleil. Je vous les garde bien comme il faut sur la commode de l'entrée, on vous attend, vous revenez, on prendra le café, on discutera de tout, c'est bien de discuter avec vous, je vous dis à demain 8 heures hein ou attendez non plutôt 9 heures je crois que j'ai le kiné qui vient demain attendez Mimine prends le calepin sur le frigo alors attendez monsieur Ron ma femme elle est partie pour le prendre alors je...” Biiiiiiiiiiiiiiiiiiiiiiiiiiiiiiiiiiiip. »

Eaux de toilette

Vous vous lavez comment, vous ?
Le matin ?
Le soir ?
Le matin et le soir ?
Un jour sur deux ?
Jamais le dimanche ?

C'est con comme question, non ? Ça a l'air évident pour vous, enfin, qu'est-ce que j'ai à vous poser des questions stupides comme ça, c't' histoire, tout le monde se lave comme vous et moi, tout le monde fait pareil, non ?

Non.

Vous commencez par où, quand vous vous lavez ?

Les cheveux ? Le visage ? Les fesses ? Toujours le haut en premier ? Toujours le sexe pour finir ?

Vous vous lavez les pieds ?

Vous utilisez un gant ? Un savon ? Ou juste du gel douche que vous frottez contre votre peau jeune, musclée et ferme ? Vous avez un gant rose pour le haut et un vert pour le bas ? Vous faites tout dans la douche, comme nous à l'internat ? (Pipi/lavage de dents/rasage.)

« M'enfin, c'te question, ben comme tout le monde, non ? Je me lave comme tout le monde. »

Et quand vous avez fini, vous vous mettez du sent-bon, vous vous habillez ou vous restez en peignoir ? Vous aimez les grandes ou les petites serviettes ? Vous vous coupez les ongles juste après au-dessus de la cuvette des toilettes ou vous préférez le faire avant quand ils sont plus secs ? Vous restez à poil ou vos vêtements sont déjà prêts ?

Je dis ça parce que, aujourd'hui, c'est votre premier matin à l'hôpital et, mon Dieu comment ça va se passer, vous avez fait une méga chute la semaine dernière malgré vos skis Chanel et... Comment dire ? Vos bras ils sont un peu dans le plâtre (oui, les deux) et votre cheville, elle est plus tordue qu'un épisode de *Lost*. Vous êtes dans de beaux draps. Ceux de l'assistance publique. Et, au moment de la toilette, vous sonnez.

Et devinez qui arrive ? Devinez qui arrive ?

Moi.

Ambiance.

La toilette à l'hôpital, première !

D'abord, disons-le tout de go, à moins d'être à l'article de la mort, et encore, on se lave tous les jours à l'hôpital, même le dimanche, eh oui, c'est comme ça. On se lave ou on vous lave, la nuance est de taille, mais vous n'y couperez pas, madame Cradingue, c'est comme ça, vos odeurs intimes tropicales de foufoune inexplorée commencent sérieusement à indisposer votre voisine, la mère Edwige, et deviennent un sujet de moquerie dans l'office, au café. Car la dame friquée de la 12 qui ne se lave pas, nous, ça nous fait mourir de rire.

Tout le monde se fout de votre poire, entre deux madeleines, et en rajoute une couche :

« Putain, comme elle schlingue la marée, la mère Cradingue, sa moule a dû en voir passer, des chalutiers qui dégazaient avant de rentrer au port, elle filtre plus, encore une journée et elle dépasse la DLC (date limite de consommation). »

« Putain, les filles, je sors de la chambre de la mère Cradingue, c'est plus à la queue qu'on va devoir y entrer pour son prochain rapport sexuel, c'est à la machette. J'ai failli marcher sur une mygale en sortant. »

« Hey, les filles, craquez pas une allumette dans la chambre, z'allez vous faire un Botox gratos avec le souffle de l'explosion ! »

Je me décide, ce matin, à prendre les choses en main, il le faut, c'est moi l'infirmier du secteur, seul maître à bord après le médecin. Et la surveillante. Et ma collègue Denise, qui est à deux mois de la retraite et qui ne lâche plus une once de pouvoir. Elle m'a menacé, ce matin :

— Ron, ou tu lui laves toi-même la pacholle, ou j'en parle au staff, devant le toubib et les internes, t'as compris ?

— Ouiiiiiiii.

Je frappe à votre porte et j'attends une demi-seconde votre réponse, avant d'entrer. Effectivement, j'ai un peu la sensation olfactive qui s'affole, je me sens dans les écuries du château de Chenonceaux, il est temps de passer au détergent, et vite. Je m'approche près du lit, vous ne me jetez pas un regard, y a *Amour, Gloire et Beauté* qui vient à peine de commencer, « des mots qui font rêver ». Je vous regarde. Je tousse. Vous me jetez un œil.

— Quoiiiiiii ?

— Madame Cradingue, c'est l'heure de la toilette.
— Hum, je l'ai déjà faite hier.
— Je sais, je sais. Mais là on est le lendemain d'hier, et donc on doit la refaire. C'est comme ça.
— Mais je vais me débrouiller seule, j'ai des lingettes.
— Je doute que des lingettes suffisent. Elles sont trempées dans de l'acide corrosif pour coque de bateau ?
— Hein ? Non ! C'est des lingettes intimes de chez Roger & Gallet.
— Le paquet est intact, madame Cradingue.
— Je sais, je sais, je me les réserve pour quand je serai sale.

Si j'étais seul, j'inspirerais profondément pour me calmer, mais là, devant vous, inspirer plus me ferait tomber dans les pommes, en un instant. Je serre un peu plus les lèvres et je commence à prendre mon regard 18, dit de « Robur le Conquérant, va te laver les fesses, espèce de Bourgeoise Cochonne », mais vous me coupez la parole, impériale :
— Vous m'aiderez à mettre mon tailleur Lacroix, le rouge, j'ai une amie publicitaire qui vient vers 11 heures m'emmener mon picipoket et mon blakbéri, je veux être décente pour la recevoir.
— Elle a perdu le nez dans un accident d'avion ?
— Euh non pourquoi ?
— Ben ça vaudrait mieux pour elle, pourtant.

L'info chemine lentement dans votre cerveau de jeune bobo bordelaise, cadre dynamique immobilisée célibattante. Vous me considérez, avec effroi :
— Euh, attendez, infirmier, que voulez-vous dire ?
— Que vous puez.

— Pa... Pardon ?

— Oh, je sais, je pourrais vous l'annoncer plus diplomatiquement, plus lentement, en prenant des détours jolis et sympathiques par le col du Somport, mais je suis comme le type du *Grand Bleu*, j'arrive à cent douze mètres en apnée et j'ai besoin de remonter à la surface prendre un peu d'air, sinon mes poumons vont exploser.

— Je sens mauvais ? Vous êtes en train de me dire que je sens mauvais ?

— Sur une échelle de 1 à 10 de la puanteur, je vous classe à 12, oui.

Vous restez interdite devant mon culot, mon manque de correction et l'inefficacité flagrante des pschitts multiples de *L'Air du temps* dont vous aspergez généreusement votre pyjama, vos draps et votre visage depuis une semaine. « Salope de Nina Ricci, je passe à la concurrence ! », glapissez-vous intérieurement.

Comme je vous comprends. Mais, ma chérie, avant de mettre un parfum plus masquant, on va passer par la solution H_2O/savon Cleopatra, huile de coude et pas demain, non, pas demain :

— Alors, madame Cradingue, on se lave tout de suite ou on se lave maintenant ?

Avec mes deux bassines emplies d'une eau à peine tiède (malgré dix bonnes minutes de robinets ouverts à fond), je m'approche du lit et je les fais glisser sur votre adaptable, sorte de table coulissante en hauteur qui permet de poser tout et n'importe quoi. Je prends deux gants propres (intacts depuis votre arrivée, oh toi être grosse cochonne capitaliste, moi infirmier prolétaire aimer contact rugueux éponge sèche contre peau nue, rappeler moi vacances kolkhoze Vladivostok) et un peu de savon emprunté à votre voisine, sur lequel, d'une pichenette, je fais gicler un petit poil de cul, vers l'infini et au-delà.

La plupart du temps, vous êtes heureusement une patiente adorable et un peu gênée par ce soin inhabituel. Alors, pour vous rassurer un peu, voici ce que je pense et fais vraiment pendant la toilette. Vous pouvez reprendre des couleurs... D'abord, je mets mes gants en latex, un à chaque main, pour ne pas vous toucher lors de la toilette (double protection, hygiénique contre vos microbes, les miens et morale car je suis un être foncièrement lubrique et vous une femme sans défense), puis j'enfile le gant en tissu, que je plonge délicatement dans la flotte.

Je vous regarde.

— Un peu de savon sur le visage ou bien ?

— Mais vous êtes fou ! Jamais !

— Bien bien bien, tout comme moi. Ah, je vais commencer par le contour, puis le nez, voilà, oh, je vois que vous avez des lagagnes jaunasses dans les yeux, hum, il y en a plein, vous devez avoir une conjonctivite, allez, fermez les yeux, je m'en occupe, voilà. Parfait. La bouche, pas trop sèche ? Non ?

Après avoir rincé un peu mon gant, j'ôte votre pyjama, que je dépose sur votre pubis, découvrant votre poitrine l'espace d'un instant, mais rien qu'un instant seulement, puisque je dépose une serviette propre et pliée en deux sur le sein le plus éloigné, pendant que je commence à vous nettoyer l'hémicorps découvert, sur le principe d'un trajet allant « du plus propre au plus sale ».

Pour ceux qui suivent, je démarre par la main, les doigts, les ongles et je remonte pour finir sous les aisselles, sans revenir en arrière, puisqu'on ne revient jamais avec un gant ni une compresse sur une zone où l'on est déjà passé (ce principe est valable aussi pour un pansement).

Cela fait, je rince mon gant et je repasse une deuxième fois, en m'assurant de ne laisser aucune zone inexplorée et en vous faisant la conversation, parce que, jeune amie bordelaise, c'est tout de même la première fois que vous vous faites laver par un homme et vous êtes super mal à l'aise.

Mon rôle est double à cet instant.

M'assurer que tout se passe bien pour vous, dans un cadre privilégiant le respect de votre intimité, de votre température corporelle et dispenser un soin efficace. N'oublions pas votre sécurité, qui doit être assurée tout au long du fameux soin, et que je n'oublie pas puisque j'ai placé la barrière sur le côté droit du lit. Et que je remets celle sur le côté gauche dès que je m'éloigne un instant de vous, tel un bébé sur une table à langer, tout pareil. Je me rappelle de ce patient tombé de son lit lors d'une toilette pendant qu'un élève était parti décrocher le téléphone pour le lit d'à côté. Zéro sur vingt, je lui avais donné. Ça fait mal aux côtes quand on est élève. Mais le trauma crânien du type, ça, c'est impardonnable.

Ne jamais faire confiance à un patient, jamais. Que ce soit pour un traitement, une posologie, une confiance en soi pour marcher seul ou une autorisation de sortie soi-disant signée par le médecin, ne JAMAIS faire confiance. Vous passerez pour un chieur, un parano ou un pauvre con, mais vous serez pro jusqu'au bout et parfois surpris de leur capacité à mentir ou à surestimer leurs capacités. C'est vous qui commandez, vous qui avez le savoir, vous qui dites le vrai. Normal, c'est vous qui avez le diplôme. Chez eux, ils font comme ils veulent. Ici, c'est comme on vous a appris à l'école, point final.

Une fois le deuxième sein lavé (après avoir changé la serviette de côté), vous allez vous attaquer maintenant au kikinou. À la pacholle. À l'objet odorant du délit. Et pour cela, vous pouvez changer de bassine ou prendre la seconde. Après avoir laissé la serviette entière sur la poitrine, vous baissez les draps pour être à l'aise.

Deux règles d'or devant la nudité :

— Plus vous serez proche et moins vous serez gêné. Plus vous prenez de recul physique et plus vous devenez spectateur (= voyeur), donc n'hésitez pas à faire des soins le plus possible « collé » au patient, évitant qu'il se sente nu dans une grande pièce, cachant de ce fait le regard de la voisine de chambre. Cela suppose que votre hygiène corporelle à vous soit parfaite également, cela suppose que vous ne soyez pas dégoûté par le contact et cela vous permettra d'« intimiser » le soin, de le transformer en un moment de détente privilégié soignant/soigné et non de le vivre comme un pur passage hygiénique obligé.

— Ne jamais laisser un morceau de corps nu lorsque vous n'êtes pas en train de travailler directement dessus. Si vous êtes en bas, le haut est couvert, et vice versa. Pensez à respecter l'intimité de la personne autant que sa possible frilosité. Pensez que n'importe qui peut entrer dans la chambre malgré votre présence. Votre patiente est comme une conne, entièrement nue et désarmée, sur un lit, et vous, un gant à la main, n'êtes vraiment pas mieux qu'un vulgaire laveur de voiture. Ce pourrait être votre mère, votre sœur, vous. Pensez-y. Laver autrui en étant soi-même habillé, debout et (souvent) pressé, c'est la situation casse-gueule par excellence pour le débutant.

Autre règle d'or devant la nudité :

Si vous êtes troublé et que vous sentez poindre une érection monumentale, changez de métier. Ou attendez qu'elle soit rentrée chez elle, au moins, punaise, faut tout vous apprendre ! NO ZOB IN ZE JOB !!!

Car ça arrive d'être troublé. Mais généralement, dans ces cas-là, sauf si vous aimez les emmerdements, il vaut mieux passer la main. OK, la petite blonde de la 12 est une bombasse atomique de vingt ans et vous lui mettriez bien votre escudo dans sa tirelire, mais c'est aussi une patiente. Et ça coûte cher si ça se sait. Ou si ça se passe mal.

OK, l'étudiant en langues O de la 14 est un demi-dieu grec lascif et troublant, mat de la tête aux pieds et doté d'une verge monumentale qu'on croirait dédiée au labour et aux travaux des champs, mais mais mais mais, ce n'est pas le moment. Pensez à la France, à votre deuxième tiers provisionnel ou à votre dernière vidange et envoyez une élève ou une collègue.

Si vraiment vous souhaitez vous sacrifier, je ne vous jette pas la pierre, va, allons-y ensemble la faire, cette toilette, à deux ça va plus vite.

Putain c'est vrai qu'elle est grosse !

Généralement, je ne lave pas plus bas que le genou, car j'ai un peu la flemme de me fader les pieds, mais bon, ça dépend, des fois je le fais. À l'hôpital, tout le monde n'est pas à cheval sur le lavage des pieds, on préfère attendre une bonne douche (ou pas, j'en ai vu passer six semaines sans avoir les pieds lavés) ou on préfère décréter que les extrémités ne se salissent pas, vu qu'elles restent au fond du lit. C'est une opinion.

C'est souvent à la fin de la toilette, quand je suis bien en nage mais heureux d'avoir accompli la tâche qui détruisait les sens olfactifs de tout le personnel soignant, trois étages à la ronde, c'est donc souvent à la fin que je me félicite d'avoir mis un bon déodorant après ma douche à moi ce matin. Car si le patient sale est une plaie, les aisselles odorantes des infirmières négligentes qu'on balance à hauteur de narines pendant la bonne demi-heure que dure la toilette ne vous mettront pas des masses en valeur.

Ça me rappelle cette saillie d'un patient, un matin, un type qui souffrait d'un cancer ORL, détruisant toutes ses sensations gustatives et olfactives. Il était épuisé, en fin de vie, mais ma grosse collègue insistait tous les matins pour le traîner à la douche. Un jour, elle lui demande comment il se sent :

— Je me sens peu, madame, mais je vous sens bien, merci. Considérons que le temps imparti à la toilette sera pour vous aujourd'hui et n'en parlons plus, voulez-vous ? Vous ferez une fleur à tout le monde en sentant la rose, pour une fois, et moi, je mettrai enfin sur le compte de mon cancer les vilaines odeurs qu'il me monte au nez lorsque vous entrez dans ma chambre.

Âge tendre, tête de bois

L'activité préférée de Paul, 18 ans, toute la journée, c'est de se taper la tête contre le mur. Avec frénésie. Parfois sans élan, parfois en s'élançant du fond du couloir. Mais toujours en poussant de grands cris de joie quand il se fait mal.

Contre un mur en plâtre, contre une porte en bois, contre la paroi de l'ascenseur, contre la baie vitrée, dans le canapé en mousse, contre le réfrigérateur, en plein sur la portière, contre l'aquarium géant de l'entrée.

Généralement l'équipe de la maison d'accueil spécialisée pense à lui mettre son casque antichoc dès son lever. Généralement, on lui change son fameux casque tous les deux, trois mois, pour un tout neuf, car ils ne vivent pas longtemps, les pauvres casques. Et, généralement, les élèves de passage dans l'établissement nous demandent l'origine des cratères lunaires qu'on peut voir, éparpillés, à hauteur d'homme, dans les couloirs, sur les murs.

— Oh, c'est rien. C'est Paul. Ne t'inquiète pas, il ne fonce jamais dans les gens.

L'élève déglutit et se demande dans quelle maison de fous elle est tombée, puis elle s'habitue, effectivement. Et elle en rit même, à la fin.

À force de se mutiler ainsi, la peau de son visage s'est épaissie, elle est devenue rouge-violet, presque foncée, çà et là des bosses, des durillons, des petites dunes, dures comme du sable bien sec, dunes de chair meurtries, forment une barrière naturelle résistant aux assauts de ces vilains murs qui se jettent sur lui.

Il n'a plus de sourcils, ses oreilles sont dignes d'un rugbyman pro (du temps où ceux-ci ne jouaient pas les mannequins) et toutes ses dents sont tombées depuis belle lurette, ou ont été arrachées par le dentiste, car cassées en deux après un choc plus violent qu'un autre.

Un matin, on m'appelle dès mon arrivée. J'ai à peine le temps de sauter dans la blouse et de prendre l'ascenseur que je vois toute l'équipe, grave, qui m'attend sur le palier de leur unité de soins.

Je comprends que quelque chose a dû se passer.

J'interroge du regard.

Cynthia, une jeune éduc spé, prend la parole, nerveuse :

— Bon ben voilà on a un peu... euh... pris une pause clope en prenant le service et on a... euh... un peu laissé la porte de la salle télé ouverte, alors Paul il est sorti du lit pendant qu'on clopait et puis... euh... regarde.

Elle me montre du doigt la salle vidéo, dans laquelle deux stagiaires maintiennent un Paul à genoux, en position « autruche », la tête encastrée dans la télé, du verre tout autour de lui, du sang sur le cou. Il bouge et se démène comme un diable, tirant de toutes ses forces pour s'extraire du piège en verre. Il y arrive petit à petit, freiné difficilement par les élèves, mais chaque mouvement de recul entraîne une déchirure profonde sur chaque côté du cou, à gauche, à droite, sur la pomme d'Adam, et surtout, surtout, tout près des carotides.

Je déglutis.
Tout le monde me regarde.
Ils attendent une réponse.
Je souffle. Je réfléchis, du moins j'essaye, mais on ne m'a pas formé à ce genre de situation, à l'école. Nous avons peu de temps, le Paul est sonné mais il se débat de plus en plus vertement. Les élèves peinent.

Je demande l'avis de tout le monde, et pendant que nous cherchons une solution efficace et sans danger, un craquement sec, suivi du bruit du verre brisé qui tombe sur le sol, se fait entendre.

Paul s'en est sorti tout seul, se déboîtant l'épaule droite au passage, maintenue un peu trop fermement par un élève au bord de l'apoplexie devant la scène infernale.

Paul nous regarde, en souriant, la face déchirée, un angle bizarre déformant sa peau au-dessus du biceps. Il est aux anges, poussant de petits cris.
Puis il éclate de rire et court se jeter contre la porte pare-feu, sur laquelle il s'écrase comme une crêpe, laissant des morceaux de verre sur son passage et des gouttelettes de sang frais.
Il est heureux, il pousse de petits cris de bonheur, il est extatique, il a mal partout, son visage est en feu mais il se sent vivant, il se sent exister dans la douleur, il se sent être là avec nous, tout simplement.

(Paul est mort d'un coup du lapin, un semestre plus tard ; la vitrine scintillante et blindée du bijoutier de la ville était plus forte que ses vertèbres cervicales, il faut croire.)

Joyeux Noël, Tino

Hôpital de jour pour enseignants dépressifs, maniaques ou psychotiques. Tout un programme.

Un matin, au café, après avoir compté et recompté les présents, l'infirmière en charge du groupe « marché & cuisine » me regarde, inquiète.

— Il manque Tino.

— Ah ? Il est souvent absent ?

— Non, non, pas vraiment. Il ne manque que quand il est au plus mal, à vrai dire.

— Ah ? Et donc, là, vous supposez que ça ne va pas ?

— Oui. On devrait faire un rapport pour le directeur.

— Un rapport ?

— Oui. C'est la procédure. Faisons un rapport.

Et pendant que le groupe « marché & cuisine » (une dizaine de personnes) attend en bas, dans l'entrée, fumant clope sur clope, nous voilà, tous deux, attablés devant le deuxième café, réfléchissant à ce qu'il convient d'écrire.

Elle me regarde avec insistance.

— Ron, toi qui es intérimaire, toi qui as l'habitude de voir du pays, tu dois savoir mieux tourner les phrases que moi, non ?

— Euh... peut-être, je sais pas, qu'est-ce que vous voulez qu'on mette ? Qu'il est manquant à l'appel ?

— Ah non, non, pas ça, tu es fou ! On va devoir aller chez lui sinon, non ! Juste tu mets qu'il... euh... a des... euh... antécédents de non-venue justifiés par son attitude dépressive... euh... non... ne mets pas dépressive... mets... son attitude négative... voilà... négative, ça fait mieux que dépressive, tu comprends, si on met dépression, ils vont nous demander d'y aller, OK ?

— OK. Je mets quoi, après ? Qu'il y a un risque de suicide ?

Elle pousse un petit cri aigu.

— Non mais t'es malade ? Oh, mais tu n'es pas bien, toi ! Après ils vont nous demander de faire un rapport au toubib en deux exemplaires pour qu'elle le voit dans la semaine, en urgence.

— Et c'est pas bon ?

— Mais non, malheureux, elle déteste ça, voir les gens en urgence, ça l'angoisse !

— Pour une psychiatre, tout de même, être angoissée, je veux pas dire mais...

— Ben c'est pour ça qu'elle boit, justement, pour supporter son angoisse. Elle n'abuse jamais de la boisson, on ne remarque presque jamais rien, note bien.

— Comment tu le sais alors ?

— Ah, c'est qu'une fois, à une sortie ski, elle avait été obligée de venir nous accompagner parce que l'autre psychiatre ne pouvait pas venir et elle était arrivée ivre, un peu ivre, et elle sentait l'alcool de loin. Elle boit du whisky, ça pue le whisky, tu sais, j'ai eu un mari pendant quatorze ans qui aimait bien s'endormir sur la bouteille. Les hommes...

— Et donc, si je mets dans le rapport que Tino est suicidaire et qu'il n'est pas venu, qu'il doit être vu en urgence par un psy car il y a un risque mortel, ça va poser problème ?

— Problème, non, mais la psy va nous faire chier sur les plannings en réunion.

— Je vois pas le rapport !

— C'est elle qui fait le planning des infirmiers. Tu le vois super nettement, quand tu la fais chier, après elle te pose les RTT en semaine, en plein mardi ou jeudi.

— Ah ?

— Ouais ! Elle déteste quand les infirmiers lui collent des urgences, il faut gérer ça seuls. Et moi j'ai besoin de mes mercredis pour avoir ma fille, un peu. Je ne veux pas d'histoires, tu comprends ?

— Je comprends. Donc je note que « Tino a des antécédents de non-venue justifiés par son attitude négative et qu'il convient de »... passer chez lui ?

— Non ! C'est trop impliquant pour l'équipe, c'est une décision collégiale, on va me reprocher de ne pas respecter le projet infirmier global... Voyons... Il convient de...

— Surveiller ?

— Non ! On va nous demander de lui téléphoner le soir ou de joindre sa mère... Elle est à Agen, elle est chiante comme pas deux, elle est vieille, on ne va pas la déranger... Attends, je cherche... Je crois qu'il convient de « réfléchir à une méthode holistique de prise en charge plus souple incluant ses absences comme des libertés self-autorisées par le patient, dans le cadre d'un contrat thérapeutique équipe/psychotique régulé à l'amiable et au coup par coup »... Voilà !

— OK. Donc on dit qu'on est OK avec son absence et qu'il gère comme il veut ses venues ? C'est ça ?

— C'est ça !

— OK, je le tape et je vais l'apporter chez le directeur !

— Mais tu es fou !!! Arrête !!! Tu l'apporteras à 16 h 55, ce soir !!!

— Ah bon ? Pas ce matin ?

— Mais non, réfléchis ! S'il l'a ce matin, il va le lire avant midi et il est foutu de nous donner l'autorisation d'y aller cet après-midi ! Et je te rappelle que j'ai posé des « minutes récup fériés » et que je pars à 15 heures. Je vais pas me foutre en l'air mon après-midi ! J'ai plein de cadeaux à acheter ! Tu le mettras au courrier interne en partant ce soir, tu passes devant en allant au parking, d'accord ?

— D'accord.

D'après la concierge, à l'heure où nous écrivions la lettre, il vivait encore. Il ne se pendit que le lendemain soir. Mais, nous, on s'en foutait, le lendemain, c'était Noël, nous on bossait pas.

Mon fils, ma bataille

Marie, quarante-sept ans, mère de Marco, vingt et un ans, tétraplégique.

« J'ai commencé à masturber Marco il y a deux ans, après une émission que j'avais vue à la télé suisse, un soir, par hasard. Nous étions tombés dessus, tous les deux, et il m'avait demandé simplement, au coucher, si je pouvais réfléchir à ça.

J'avais été très choquée, bien sûr, sur le moment, très très choquée, oui. J'avais rougi, j'avais hoqueté, bafouillé une bêtise, fermé la porte de sa chambre et puis j'étais revenue en m'énervant un peu, en lui criant dessus et il m'avait calmée d'une phrase :

— Mais enfin, maman, nous avons bien regardé la même émission ?

Il n'en a pas reparlé le lendemain matin ni les jours suivants mais je sentais bien son regard insistant, limite accusateur, comme si j'avais levé un lièvre que je voulais désormais enterrer. Ne plus jamais évoquer ce sujet.

Ça ne cadrait pas du tout avec mes belles paroles sur la vie, sa vie, ses désirs, sa sexualité, ses choix.

Je suis un peu soixante-huitarde, moi, vous savez, un peu fofolle. J'ai été éduquée à la très cool dans une communauté, j'ai eu plein d'amants, plein, je ne suis pas très bien sûre du père de Marco parce qu'à ce moment-là j'avais deux copains, double possibilité de tomber enceinte, et que je n'ai jamais cherché à savoir ni à les revoir.

J'ai eu Marco, je l'ai élevé seule, nous avons eu une vie tranquille, on est montés à Paris, on a eu l'appart par une amie qui était partie vivre au Canada, moi j'ai trouvé l'emploi à la mairie, au service culturel, et Marco a toujours été facile à vivre, un gamin sans histoires, scolarité tranquille.

Non, l'accident de scooter a tout changé mais pas tant que ça ; il y avait de l'amour, il y en a eu encore plus après ; peut-être paradoxalement que nous nous aimons plus fort avec l'accident parce que nous savons à quel point nous sommes connectés.

Marco n'a jamais aimé que ce soit d'autres personnes pour la toilette, pour les soins, pour les repas et moi je n'aime pas le confier à des gens que je ne connais pas, à des soignantes pour qui il ne sera qu'un bout de viande à nettoyer dans une matinée de boulot.

On a continué notre vie mais à la maison, moi j'ai pris le mi-temps et lui il a pris les cours par correspondance, l'Internet dès qu'on a pu, moi j'ai appris le piano dans sa chambre et la peinture après, lui il assistait à tous les cours et il m'engueulait quand je n'avançais plus ou quand j'oubliais d'une semaine sur l'autre les gammes apprises avec le prof.

(Elle rit.)

Bien sûr on a parlé de sexe à la puberté et pas qu'un peu, il était en retard à ce niveau et il a eu les premiers poils assez tard, et moi j'étais même inquiète pour lui parce que je me demandais si la tétraplégie lui causait pas un retard hormonal ou psychologique de je ne sais quoi. J'en ai lu des ouvrages, des pages et des pages de conneries neurologiques... Mais non, il a eu sa puberté et on a parlé de sexe mais de façon très naturelle, très désexualisée en fait, je me rends compte maintenant, on parlait de sexe comme je lui aurais appris la couture, avec la méthode et les bons tuyaux mais sans jamais passer à la pratique.

Enfin, moi j'ai pas de tabous sur le sexe et j'étais fière de pouvoir en parler à mon fils parce que ça me semblait la moindre des choses vu que finalement avec mes parents, qui m'avaient plus ou moins fait vivre une vie de libérée, lorsqu'on avait parlé de sexe et de perdre ma virginité, là ça avait été la guerre de tranchées et mon père se retrouvait finalement confronté à la vision de sa fille dans les bras d'un homme et là le *flower power* et les années *peace* et le *no future* on interdit rien, enfin, tu vois les conneries de gauche classiques, enfin donc on disait plus que c'était cool tout ça quand sa propre fille allait se faire sauter.

Moi, je m'étais dit : "Avec Marco, ça sera jamais dans l'interdit, dans le déni, dans le coincé du cul (elle rit), ce sera dans le sain et le détendu, on va lui dire que c'est beau, c'est naturel, que faire l'amour c'est aussi vital que bien manger."

Et tu penses bien qu'après l'accident de scooter, moi, sa sexualité, je l'ai un peu occultée, l'important c'était de se réapprendre un quotidien autour de sa chambre, de son lit, de se faire un projet de vie basé sur ses nouvelles capacités limitées et de rêver un peu à ce qu'on pouvait atteindre, plus à ce qu'on voulait atteindre. Vouloir, quand on est tétra, c'est bien mais faut être réaliste, moi je dis, parce que quand tu réalises au pied de l'escalier que la volonté elle suffira pas à te le faire monter, ben tu arrêtes de rêver au haut de l'escalier et tu passes par le côté, finalement.

L'émission elle a un peu tout chamboulé parce que Marco, d'un coup, il a compris que sexuellement il pouvait lui aussi avoir des désirs et les satisfaire et qu'il pouvait même en tirer du plaisir. Il savait qu'il pouvait bander, enfin, bander, je n'aime pas le terme, il savait qu'il avait des érections et qu'elles duraient souvent à le faire souffrir, mentalement et physiquement, mais surtout il a pris conscience qu'il avait le droit de les avoir et de les utiliser.

De les intégrer à sa vie de tétra, de construire un projet de vie avec, comme avec son pouce gauche, qui est la seule partie de son corps qu'il peut mobiliser, comme avec son souffle, qui lui permet d'utiliser la souris vocale, comme avec son pouce du pied, qu'il arrive à contracter on sait pas comment et qui lui sert à m'appeler en urgence quand la sonnette du haut ne marche plus.

Là, Marco il voit l'émission et il me dit :

— Maman, j'ai des douleurs le matin tellement je bande et des fois, je sens que je t'en veux, que je t'agresse, que je suis désagréable avec toi parce que j'ai toute cette énergie en moi, toute cette frustration qui doit bien sortir, qui demande qu'à sortir et qui peut pas alors qu'elle devrait, pour mon bien-être. Maman, il faut que quelqu'un me le fasse, j'y ai droit.

On a cherché une professionnelle, dans un premier temps, oui, une pute, c'est ça, mais nous n'étions absolument pas confortables avec l'idée de payer une travailleuse du sexe pour satisfaire notre fils ; il y avait un côté bourgeois haussmannien que je n'aimais pas, un côté "je laisse le sale boulot à une petite main" et puis je me suis dit, un matin, comme ça, j'avais les mains dans la merde, la merde de mon propre fils, je me suis dit : "Ma fille, si tu peux lui torcher le cul depuis sept ans, et ben tu peux lui donner le plaisir qu'il a le droit d'avoir sans passer par une pute, parce que ça ne le mettait pas plus à l'aise que toi, tu vois, cette nana."

Après on a eu la phase où il s'est demandé s'il était pas un peu homosexuel, mais non, ça a duré une semaine. (Rires.) Alors j'ai dit ouf, parce que alors là on aurait trouvé qui, en main rugueuse, pour venir le masturber à la maison ?! Vas-y, toi, j'allais pas demander à mon ancien patron de venir, c'est le seul gay que je connaisse et il a pris des photos de Marco à la maternité, non mais t'imagines le binz ?

On a notre petit rituel, enfin, son petit rituel, m'a conseillé de penser la psy, plutôt (oui, j'en ai parlé à ma psy, qui n'était pas pour mais qui en a vu d'autres et qui ne dit plus rien maintenant), oui c'est son petit rituel.

Je le masturbe tous les mardis et tous les jeudis, plutôt le matin, au réveil, il aime ça, avec de l'huile de massage que j'achète chez Sephora, une petite huile odorante qui aide le décalottage et qui lui permet de jouir en quelques minutes. On ne dépasse pas les cinq minutes pour éviter que j'attrape le tennis-elbow (elle rit), et puis parce que j'ai aussi autre chose à faire, après.

Une fois qu'il a fini, je le laisse quelques minutes tranquille puis je reviens, je le couvre d'une serviette, je lui sers le petit déjeuner, et après je lui fais la toilette, comme d'habitude. Nous n'en parlons jamais, jamais.

C'est devenu un soin comme un autre.

Parfois, je me prends le walkman et je regarde la télé, lui il ferme les yeux et moi je pense à autre chose. Parfois, je regarde par la fenêtre. Des fois je l'entends crier : "Maman, arrête, c'est fini, arrête, tu gâches tout !"

Il est beaucoup mieux dans sa peau depuis que nous le faisons, en tout cas, beaucoup mieux. Je veux qu'il soit heureux, équilibré, oui, je veux qu'il se sente bien.

Et je ne me pose pas de questions.

Moi, quand je veux être bien, il me suffit de prendre le métro et d'aller au yoga et après je vais lire au parc Monceau.

Ça, mon fils, il ne peut pas le faire.

Je l'ai mis au monde et c'est ma responsabilité. »

Mater Dolorosa

Ah ça, elle l'aime, son fils, elle nous le rappelle tout le temps :

— C'est ma plus belle réussite, ma plus grande force.

Nous, dans l'équipe, on dit rien, on regarde et on sourit. Son Julien de dix-sept ans appuie avec son pouce droit sur la commande du fauteuil électrique, qui fait un tour complet sur lui-même et s'en va tranquillement en direction de la Kangoo aménagée.

Il ne nous dit pas au revoir, rien, il est content de partir en week-end après une semaine passée en internat au centre. Julien est IMC, infirme moteur cérébral, et il passe son bac cette année. Chaque dimanche soir, sa mère nous l'amène, un énorme sac de vêtements propres pour la semaine, une pile de CD, de DVD, son vanity plein de produits de beauté (Julien est extrêmement coquet depuis sa première amourette l'été précédent avec une autre IMC d'un centre breton) et une page manuscrite de recommandations.

Au moins.

Qu'elle nous énonce à l'oral, comme si la page ne parlait pas d'elle-même. Recommandations qu'elle répète à chaque membre de l'équipe croisé en chemin.

On la connaît par cœur, la mère de Julien, elle nous les casse menu menu, mais on dit rien, elle est la présidente de l'association des parents qui surveille l'établissement. Tout pour son fils, oui. Jusqu'à un certain point.

L'état neurologique de Julien est globalement satisfaisant, pour un épileptique soigné par Dépakine en cachet. Il ne fait pas de crise depuis des années, il a suivi des études, il supporte bien son traitement, il est stabilisé.

Jusqu'à ce début d'année.

Tous les lundis matin, en partant au lycée, crise.

Et pas une petite, une bonne vraie crise d'épilepsie, qui laisse le gamin épuisé, sonné, dans son fauteuil, et l'empêche de suivre les cours pour la matinée.

Parfois une deuxième, le mardi.

Puis tout rentre dans l'ordre jusqu'au vendredi soir, où la mère le récupère, tranquillement. Il passe un week-end sans histoires avec elle puis rentre chez nous le dimanche.

Et le lundi matin, crise.

Au début, je ne comprends pas, je cherche, je demande une dépakinémie au toubib (une prise de sang qui vérifie si le traitement est adapté ou pas), dépakinémie qui revient du labo globalement correcte. Je vérifie si Julien joue à la console, non, même pas, s'il reste des heures au soleil, non, on est en janvier, je cherche des causes et des causes, et à la fin j'en arrive à ma conclusion.

Qui ne me plaît pas.

Mais qui reste somme toute logique.

Si les crises ne surviennent que le lundi, c'est qu'il y a un déficit en Dépakine à un moment donné.

Je donne personnellement le traitement du lundi matin au vendredi midi.

Personnellement.

Il ne fait jamais de crise ici au centre.

Or, étrangement, elles surviennent toujours, toujours après deux jours passés à la maison.

Un vendredi midi, en lui filant son pot entier de cachets, je lui glisse un traditionnel « Bon wikende, petit bouffon, à lundi ! » qui le fait rire à chaque fois, tellement il lui semble que c'est MOI le petit bouffon, avec mes baskets pourraves et mes chemises à deux balles.

Il nous revient le dimanche, je me penche pour récupérer la trousse à pharmacie et je pars dans l'infirmerie.

Je m'installe au bureau, je renverse le pot et je compte. Dix-neuf.

Il y a dix-neuf cachets blancs énormes.

Le même chiffre que vendredi à son départ.

Je sais que la mère n'a pas de réserve à la maison, je sais que c'est elle qui les donne à Julien, je sais donc d'où vient le problème.

J'arrive à la choper sur le parking, avant qu'elle ne démarre.

— Madame Irrigoits ! Madame Irrigoits !

— Té mais c'est notre infirmier qui a fini sa sieste à l'infirmerie ! Pour une fois que je vous vois courir, punaise, je ne vais pas me lasser du spectacle !

Traditionnelle passe d'armes entre paramédical et elle, nous sommes les pauvres types larvant au soleil en tenant un café, toute la journée, pendant que son fils attend notre aide, et elle est la *Mater Dolorosa* sublime, présente vingt-quatre heures sur vingt-quatre, depuis dix-sept ans. Je ne moufte pas. C'est de bonne guerre. J'ai largement le temps de fumer un paquet par jour au taf, pendant mes huit heures, c'est tout dire sur l'étendue de mon stress et de ma charge de travail, effectivement.

Je reprends :

— Madame, j'ai un problème avec les crises de Julien.

— Et té, je le sais, que vous avez un problème, ça prouve bien à quel point les équipes ici (geste large désignant les bâtiments) se préoccupent de la santé de nos enfants. À peine il rentre le dimanche chez vous que le lundi il fait une crise. Jamais ça n'arrive à la maison, ça, jamais ça n'arrive, ça prouve bien que je sais y faire avec mon gosse, monsieur.

— Certes. Mais comme le traitement reste quarante-huit heures dans le sang, grosso modo, ça prouve surtout que je le lui donne correctement du lundi au vendredi midi... et qu'il arrive chez vous encadré chimiquement.

— Vous voulez dire quoi là ?

— Que, le week-end, je me posais la question si... si Julien... (Je prends une énorme inspiration et je regarde le bout de mes chaussures.) Si Julien prend son traitement, ou du moins si vous lui donnez...

Explosion de l'Etna, lave en fusion, bombe thermonucléaire et réactions en chaîne, je ne peux plus en placer une tellement elle se met à hurler en sortant de la voiture :

— Et pour QUI vous vous prenez à me dire ce que j'ai à faire ou pas avec MON gosse avec vos traitements de MERDE, oui monsieur, de merde, qui l'ensuquent et le laissent complètement dans son monde, hein ? Je ne vous autorise pas à juger de la pertinence de mes actes, ah ça, ça se pose en juge et ça se permet de faire des erreurs dans les piluliers !

— Une fois ! Une fois en huit mois, madame, j'ai donné deux gélules de Primpéran au lieu d'une, je ne vois pas...

Elle m'interrompt :

— Comment osez-vous juger l'amour que je porte à mon fils, moi qui me sacrifie depuis dix-sept ans, oui monsieur, dix-sept ans, les plus belles années de ma vie, un sacrifice permanent pour mon fils que je ne regrette pas et que VOUS vous permettez de me mettre dans la figure ? Qui êtes-vous ? Ça ira loin, monsieur l'infirmier, oh oui, ça ira loin, je vous le promets ! Et je vous le dis, je vous le dis, je donne les cachets à mon fils comme je l'entends, tel que je l'entends, et jusqu'à preuve du contraire, lorsque mon fils fera une crise chez vous, je mettrai en cause l'efficacité des soins infirmiers, comme d'habitude... Parce que permettez-moi de vous le dire, votre équipe, elle est MINABLE ! Ça ira loin !

Et elle démarre en trombe.

Je file rédiger par écrit mes transmissions dans le cahier, je fais le rapport à la veilleuse de nuit et je rentre à la maison, un peu anxieux.

Le lendemain, en arrivant, je suis happé par le directeur du centre, un administratif qui ne connaît rien aux soins et qui m'entraîne vers son bureau, l'air déterminé. Il ne me montre pas les fauteuils et l'entretien express se déroule debout, près de la double porte fermée :

— Monsieur l'infirmier, je sors de plus d'une heure d'entretien avec la présidente de l'association des parents, qui se trouve être la mère du petit Julien. Je vous demande désormais de m'en référer pour toute précision concernant le traitement de son fils.

— Mais vous plaisantez ?! Vous y connaissez quoi, vous, à l'épilepsie ?

— Ce n'est pas discutable, encore moins avec vous, qui, d'après ses dires, auriez commis une erreur de préparation au trimestre dernier...

— Un Primpéran au lieu de deux, non mais je...

— Taisez-vous ! J'ordonne que désormais toutes les relations paramédicales, tous les courriers, tous les coups de fil, tout le suivi de l'enfant passe par moi et par moi seul. Vous informerez le docteur Legal de ma décision, elle est irrévocable.

— Super. J'adore quand vous nous parlez de concertation et de réunions d'équipe à n'en plus finir pour me balancer de l'irrévocable non discutable dans la tronche en tête à tête.

— Monsieur l'infirmier, n'aggravez pas votre cas, je pourrais très bien ouvrir une enquête interne sur votre erreur de...

— C'est UN PRIMPÉRAN ! UN PRIMPÉRAN ! J'aurais pu en donner cinq que ça changeait RIEN, merde !

— Entretien fini, sortez. Bon après-midi, monsieur l'infirmier.

Et bien sûr, bien sûr, le comité de surveillance dirigé par madame nous colla un audit dans les pattes : 1 300 euros dépensés pour savoir comment les infirmiers distribuaient les cachets.

Léopold

Léopold a quatorze ans, un cancer de la moelle osseuse et une agressivité verbale impressionnante pour quelqu'un qui vit ses derniers jours. Je ne sais pas où il puise sa force, mais elle est énorme, intacte, brûlante.

L'infirmier, et tout le personnel médical, se fait jeter dès qu'il entre dans la chambre, par des mots violents, parfois par des gestes.

Aucun soin n'est possible dans le calme.

Je frappe.

Pas de réponse mais je rentre quand même, ado ou pas ado, nous sommes à l'hôpital et j'ai une perf à mettre en route.

— Dégageeeeeeeeee !

— Bonjour, Léopold.

— Dégage, putain, j'ai dit.

— As-tu bien dormi ?

— Je t'emmerde, j'te calcule pas à toi, dégage.

— Je prends ça pour un non. Bien.

Je pose mon plateau sur l'adaptable et je lui montre la porte en souriant. Sur le seuil, interdite, se tient une femme tétanisée.

— Voici Christiane, qui est élève infirmière en première année et qui vient voir comment se déroule le soin.

— Je veux pas, qu'elle gicle, putain, on n'est pas au zoo, je veux pas.

— J'ai bien entendu ta requête, Léopold, mais je ne peux y accéder, Christiane n'a jamais vu ce soin et doit l'apprendre.

— Je veux pas de ton élève !

Je fais signe à Christiane de rentrer.

Léopold se tait subitement.

Christiane a 47 ans, trois enfants, qu'elle élève seule, et même si c'est sa première année d'école, ce n'est pas exactement un frais tendron de l'année non plus.

Léopold la jauge.

Elle ne dit rien.

Je reprends la main. J'avais imaginé un plan.

— Bien. Christiane, vois-tu, parfois, nous avons ce que nous nommons des « emmerdeurs pathologiques » dans les chambres, des « crétins des Alpes finis à la pisse » dont personne ne veut s'occuper...

Léopold me regarde, éberlué. Je reprends, sérieux comme un pape :

— Mais quelqu'un se doit de faire ce boulot, et cette personne, c'est TOI, Christiane. *Capisci* ? Tu vois, là, ce gros lourd ? (Je montre Léopold de mon pouce sans même le regarder, comme s'il était sourd ; l'autre reste complètement stupéfait sur son lit.) Eh bien, nous allons devoir le mater.

Christiane fait frénétiquement « oui » de la tête.

Je reprends :

— Et pour cela, j'ai le champ libre, j'ai carte blanche du docteur pour utiliser tous les moyens en ma possession, et tu sais que je suis presque corse, je connais plein de façons de mater les nazes.

Je la regarde et j'aboie un viril « carnet ! » en claquant des talons.

Elle sort frénétiquement son petit carnet Rhodia orange, me fait un clin d'œil et clique sur son stylo. Elle attend.

Léopold, que j'ai dans le dos, me semble tétanisé mais un poil moins hostile. En tout cas, il ne moufte pas.

— Christiane, tu as devant toi l'exemple flagrant du jeune ado chiant, rebelle et qui se croit supérieur. Son acné est importante (je montre le front de Léopold), ses fringues sont ridicules (je touche son baggy) et son vocabulaire, peu adapté à la situation, *welcome*, c'est le cas classique du mec qui nous emmerde pendant les soins. Sexuellement, le pauvre, il fait ce qu'il peut.

— C'est ça, ouais.

— Oui Léopold, tu veux intervenir, peut-être ?

— Je baise, moi, et plus que toi. (Il commence à sourire en disant ça.)

Je me retourne vers Christiane.

— Nous allons vérifier de ce pas sa déclaration en observant si sa verge est fonctionnelle et de taille normale. Christiane !

Léopold éclate de rire et hurle de sa voix qui mue :

— AAAAAAAAAH mais t'es branque, toi mon pauvre, dans tes rêves tu touches ma bite, t'es ouf, l'autre aussi, AAAAAAAAAAAAH !!!

J'avise Christiane :

— Classique, il se rebelle, nous allons passer à la phase deux du plan « je mate le branleur ». Christiane ! Sonde urinaire !

Léopold saute debout sur son lit et tape frénétiquement sur sa tempe de son long doigt fin.

— Mais t'es un gros barge mon pote ! T'es un gros barge, jamais tu me poseras une sonde urinaire.

— Jamais, vraiment ?

— Jamais.

Je fais la moue.

— Tu me déçois beaucoup, Léopold.

Je fais mine d'avoir les larmes aux yeux. Je regarde Christiane tristement et je lui fais signe qu'on s'en va.

— Rengaine le carnet, on sort.

Léopold nous regarde en silence. Il ne dit rien.

Je passe le pas de la porte, attendant le mot, la phrase, je vais le plus lentement possible, merde, je me suis planté, merde, je referme la porte et...

— OOOOOH mais t'avais pas un truc à me faire ?

— Euh... ben... je ne veux pas te déranger de trop, Léopold.

— Non mais attends, t'as rien à me faire ?

— Si, si, mais on verra plus tard, quand tu auras envie. Appelle le 1313, c'est le portable infirmier, et je viendrai à ce moment-là, OK ?

— Mais fais-le de suite !

— Oh non, c'est pas pressé, je veux pas t'ennuyer.

— Viens je te dis.

— OK. (Je fais un clin d'œil à Christiane et je m'adresse un « YEESS » interne de victoire.)

La veille de sa mort, j'avais débloqué tous les persos de Tekken 3 (c'est un jeu vidéo) grâce à lui. Nous n'étions pas les meilleurs amis du monde, loin de là, nous n'avions pas grand-chose en commun à part des soins douloureux et une attente de... Mais j'avais réussi à exister dans son univers noir et terrible pendant quelques semaines. Il était hargneux bien souvent mais respectait désormais une certaine limite.

J'étais présent sans être familier, chaleureux sans être dans l'affectif, je lâchais du lest tout en devant rester pro dans mes actes, c'était épuisant. J'ai détesté le soigner.

Chaque partie de Tekken 3 jouée sur son lit me permettait de faire mon boulot correctement mais rapidement, pendant vingt minutes à peu près. Plus, il redevenait agressif.

La veille de sa mort, il a dit à ma collègue Anne (une pire grande gueule que moi) :

— Toi et Ron, vous êtes deux infirmiers que je respecte, mais vous êtes des emmerdeurs. Si vous étiez soignés par des gens comme vous, vous n'aimeriez pas.

Il avait peut-être raison.

Mais je devais bosser.

Et lui allait mourir.

Il nous fallait trouver un terrain d'entente...

Touche pas au grisbi, salaud

La semaine dernière, j'avise une place dans la rue à sens unique de ma nouvelle cliente, presque devant son pavillon, mais pas tout à fait. J'ai déjà fait le tour du quartier deux fois sans rien trouver alors je me gare. Il ne pleut que quelques gouttes, pas de quoi râler, je prends mes petites affaires et je remonte la rue à pied.

Ma collègue me l'a présentée au téléphone, très rapidement. Je connais son âge, sa pathologie, son numéro de téléphone, son adresse. Je dois récupérer l'ordonnance, voir avec elle quand nous allons pouvoir passer régulièrement sur les trois prochains mois et lui expliquer sommairement comment le service à domicile fonctionne, qui nous sommes, ce que nous pouvons faire pour elle, etc.

Devant la grille du jardin, alors que je suis un peu perdu dans mes pensées, une mamie en tablier me hèle, visiblement en attente depuis des heures, assise sur une chaise en plastique rouge, une canne à son côté :

— Hep ! Monsieur ! Monsieur !

— Oui ? (je souris...) Vous attendez l'infirmier ?

— Voilà, entrez, entrez, c'est ici...

Je passe le portail, me dirige vers elle, lui serre la main. Nous discutons de la pluie et du beau temps, de la difficulté pour trouver une place de stationnement, des vacances qui approchent alors que la météo annonce tout le contraire : « C'est un temps à faire du feu, ça ! », m'annonce-t-elle, fière d'avoir prévu du bois au cas où.

Une fois le petit blabla social évacué, elle me fait signe de la suivre, direction la cuisine. Un peu essoufflée, elle se penche sous le placard de la cuisine et en sort une vieille boîte à chaussure en carton. Elle la place sur la table de la cuisine et me sourit, avec malice :

— Je range tous les papiers dedans, et tous les sous, aussi, personne ne penserait à fouiller dans une cuisine, ils vont croire que je mets les économies sous le matelas, comme les vieilles !

— Ah, oui, c'est malin. Au moins, là, ils ne vont pas y venir tout de suite.

— Tenez, regardez, j'ai ma liasse ici... (Toute fière, elle me fait crisser un joli paquet de billet, certains datant des anciens francs, au jugé, d'autres plus récents mais ne valant pas plus cher.) J'ai une pochette pour les euros, aussi...

— Vous avez l'air d'une femme organisée !

— Et oui, il le faut, il le faut !! Attendez, où ai-je mis les ordonnances que le docteur m'a données, attendez une minute, voyons voir où j'ai bien pu les ranger...

À cette seconde, mon portable pro sonne. Je souris à la dame, m'excuse vaguement en haussant les épaules et en murmurant « *c'est le boulot* ! ». Je décroche. Voix de ma patronne :

— Ron, t'es où ?

— Oui, bonjour à toi, également.

— Bonjour, bonjour, pardon. Dis, t'es ou ? Y a ta patiente de 10 heures, Madame Lémurier, que j'ai en ligne là et qui s'inquiète de pas te voir arriver.

— Tu dois confondre, je suis avec elle...
— Attends, je vérifie.

Je l'entends parler dans le téléphone à l'autre dame « *Oui madame, il est déjà chez vous, il me dit... Oui... Redonnez-moi votre adresse...* ».

Je sens l'agacement monter dans sa voix, je la connais bien, la moindre contrariété provoque en elle des crises d'angoisse qui font monter le ton et stressent toutes les équipes. Au même moment, la mamie, devant moi, victorieuse, sort son ordonnance. Je n'ai pas le temps de la regarder que nous entendons sonner au jardin et, rapidement, le couinement du portail puis des pas sur les gravillons nous indique que quelqu'un approche vers l'entrée.

Ma patronne reprend la parole :
— Madame Lémurier au 34 rue Karl Marx, je comprends pas ce qu'elle me dit la vieille, elle débloque, elle gueule qu'elle voit ta voiture dans la rue, au loin...
— Mais Angeline, je te répète que je SUIS déjà chez la dame...

Voix masculine, derrière moi :
— Madame Boutigard, c'est le cabinet infirmier, je suis désolé, je n'ai pas pu me libérer plus vite !

Je me retourne, comprenant en un instant le quiproquo. La vieille serre ses ordonnances contre elle et me regarde, affolée, ses yeux courant de la boîte à chaussure à mes mains, de mes mains à la boîte à chaussure, comme si j'allais me jeter dessus et partir en courant. Je me lève :
— Attendez, attendez, vous n'êtes pas madame Lémurier ?

— Sûrement pas, monsieur, mais qui êtes-vous ?

— Je suis infirmier et je cherche à aller au... euh... 34 rue Karl Marx...

— Ce n'est pas ici, monsieur, nous sommes au 19 et je vais appeler la gendarmerie, je crois.

— Oulala, pas la peine de vous exciter (je souris à l'infirmier qui nous regarde l'un et l'autre calmement, sans méfiance, presque fasciné par la scène), je me suis juste trompé de maison et je vais reprendre mon chemin, je pars pour le 34, vous ne m'avez jamais vu, d'accord !

— Vous êtes un voleur, monsieur !

La vieille commence à me chauffer et, même si je trouve l'histoire risible, elle est très significative de mon travail depuis des mois. Nous travaillons en sous-effectif, comme des bêtes, plus le temps de passer au bureau, de vérifier les infos. Nous notons des bouts d'adresse, des bouts de numéros, des bouts de pathologie et nous enfourchons les voitures pour sauter d'un endroit à l'autre. Bref, nous construisons un paquebot avec deux bouts de polystyrène et quatre mètres de ficelle, de semaine en semaine, pour traverser l'Atlantique. Les erreurs se multiplient. Celle-là n'est pas grave mais elle est symbolique. Il est temps pour moi d'aller voir ailleurs si la mer Morte est toujours morte.

Me détournant ostensiblement de la vieille, je m'adresse à l'infirmier, en souriant, lui montrant du doigt la direction de ma voiture, et lui indiquant que je dois reprendre ma route pour aller un peu plus loin, moi aussi, soigner une autre vieille dame. Que je me suis bêtement planté... et qu'il devra rassurer mamie sur ses économies après mon départ. En cas de doute, le gros numéro bleu de mon association est collé sur la portière, de toute façon.

« Je file, on m'attend. » Le type ne moufte pas, il me jauge, évaluant à fifty-fifty les chances que je baratine ou pas. Nous sommes en région parisienne, il s'en passe de belles tous jours (et des plus cocasses, encore, je présume).

Bien sûr je me fais copieusement insulter par l'autre patiente, à mon arrivée, pour ce quart d'heure de retard.

Lettre à une jeune infirmière

N'oublie pas que les urgences sont comme les accidents de voiture, on croit être vigilant, on croit être préparé, mais on ne voit rien venir, et on ne s'en tire pas trop mal qu'avec de bons réflexes. Et un peu de chance. La chance, ça ne se trouve pas dans les Kinder, on est d'accord, mais les réflexes, ça se travaille.

Voici mon premier conseil, pour commencer cette longue série.

Fais d'abord ton travail de fond, le plus long, le plus chiant, le plus administratif. Distribue tes cachets, annote tes pancartes, prends tes températures et prépare tes réas.

Tes médicaments sont vérifiés ? Tes cahiers sont rédigés ? Tu as fait le tour de toutes tes petites routines ?

Une fois que cela sera fait, et seulement à ce moment-là, tu pourras aller boire ton café en fumant ta première clope.

Pourquoi je te dis ça ?

J'illustre mes propos d'exemples réels, tu comprendras mieux.

Le mercredi, là où je travaille en ce moment, y a pas de visite du docteur. C'est la journée la plus calme, et quand j'ai trop de boulot, je remets toujours à ce jour-là les tâches que je n'ai pas le temps d'accomplir le reste de la semaine. Ou pas envie.

Ces jours-ci, j'avais le temps, le rythme était peinard Bernard, mais je l'ai joué feignasse à l'infirmerie, ambiance tropicale. Je suis un peu sur les rotules, en ce moment. Je me suis dit : « Oh ben, on verra tout ça mercredi, tu as tout le temps du monde. »

Jamais, jamais, jamais, dans ce métier, tu ne décides tout seul de si tu as le temps ou pas. Jamais.

Nous « attendons le pansement », comme on dit vulgairement.

Profites-en de suite, de ces minutes inactives, de ces heures où ta présence en des lieux médicaux est incongrue tellement elle est inutile, de ces semaines où tu te demandes pourquoi tu as passé tant de modules et d'épreuves pour ça, cette routine, cette morne plaine, ce job de technicien de santé.

Car mercredi... sans te mentir, de 8 h 30 à 12 h 15, je n'ai pas eu le temps d'aller pisser ni de boire un café.

Je suis arrivé à 8 h 28, il y avait déjà deux personnes devant la porte.

Puis, à 8 h 45, on m'amène un AT (accident du travail) puis un ATT (accident de trajet). Rien de grave, oh, mais le temps de faire les papiers, de prévenir qui de droit... Puis la femme de ménage arrive pour son insuline, puis son collègue pour un pansement de brûlé, puis son stagiaire qui est tombé de vélo, bobo genou avec gravillons, trente minutes à la pince à épiler pour faire sortir les merdouilles.

Je commençais à relever la tête, mais le téléphone n'arrêtait pas de sonner, rapport aux e-mails de convocation que j'avais envoyés la veille. Sans exagérer, trente coups de téléphone en deux heures.

Arrive un cuistot, un gros bout de doigt en moins.

Et pour terminer, non pas un mais DEUX malaises vagaux, dans un bureau dont la température est bloquée à trente-trois depuis des semaines.

Et bien sûr, mathématiquement, je n'ai pas eu le temps de faire les papiers que je m'étais mis stupidement de côté. Une pile de dossiers m'attendait, inerte et intacte, près de mon téléphone, et je me maudissais de ne pas avoir plus anticipé.

À un moment, l'élève me regarde, ahurie, la mèche collée sur le front par la sueur.

— Mais c'est pas possible, hier on regardait les voitures passer dans la rue pour tuer le temps et aujourd'hui c'est Tchernobyl-sur-Seine. Incroyable.

Une autre fois, à l'hosto, je ne sais pas pourquoi, je ne le sentais pas, le vieux de la chambre 14.

Chais pas. Un pressentiment d'infirmier.

Je fais vite fait mon tour, je torche mon inspection du service rapido rapido pour être tranquille, les collègues jasent – « mais oui mon lapin, tu vas la fumer, ta clope ! » –, les patients sont un peu étonnés de me voir passer si tôt, certains même ne sont pas dans leur chambre, mais je sens que les coronaires de ce type et moi on a rencard dans l'après-midi.

Tu vois, tu peux très bien faire comme tu le veux, à ton rythme, personne va venir te faire chier au café si tu vas pas bosser, tu peux même y aller directo avec l'équipe du matin après les transmissions, ça fait pas très travailleur, ça fait pas « infirmier modèle » mais c'est pas interdit, y a que la surveillante qui fait les gros yeux, et elle a raison sur les bords, on n'est pas là pour prendre le café en arrivant, c'est pas marqué la RATP ici (cette saillie vous est offerte par Pierre Poujade), mais bon, tu peux la mettre ta sucrette et attendre la demie pour démarrer le tour en t'étirant et en râlant, tranquille Odile, certains ne se gênent pas pour le faire, pourquoi ne pas les imiter.

Et tu as raison, pareil il se passera rien.

Pareil.

Ou pas.

Et là, un jour, pof.

The méga merde.

Et une fois l'urgence passée, quand tu n'auras plus de genoux, plus de mains, quand tu la sentiras, la grosse lassitude, sur tes petites épaules de jeune diplômée, quand le patient sera finalement cadré/transféré/mort, quand le service retrouvera son calme, toi, il te restera tout le boulot quotidien à te taper, et ça, crois-moi, c'est le plus fatigant de tout après le coup de bourre.

Enfin je dis ça, je ne dis rien.

Le sage japonais (qui n'est pas le dernier pour l'aphorisme qui déchire) a dit un soir de fêtes de Tokyo (c'est comme les fêtes de Bayonne, mais ils se torchent au saké) :

« L'expérience est une lanterne qui n'éclaire que ses propres pas. »

Rencontres

Pour retrouver Ron l'Infirmier
http://ron.infirmier.free.fr

8794

Composition
PCA

Achevé d'imprimer en France (Malesherbes)
par MAURY-IMPRIMEUR
le 6 octobre 2008.

Dépôt légal octobre 2008.
EAN 9782290005613

ÉDITIONS J'AI LU
87, quai Panhard-et-Levassor, 75013 Paris

Diffusion France et étranger : Flammarion